中國語言文字研究輯刊

二三編

許學仁 主編

第24冊

李國正論文自選集
（第三冊）

李國正 著

花木蘭文化事業有限公司

國家圖書館出版品預行編目資料

李國正論文自選集（第三冊）／李國正 著 -- 初版 -- 新北市：
花木蘭文化事業有限公司，2022〔民 111〕
目 4+172 面；21×29.7 公分
（中國語言文字研究輯刊　二三編；第 24 冊）
ISBN 978-626-344-038-8（精裝）
1.CST：漢語 2.CST：語言學 3.CST：中國文學 4.CST：文集
802.08　　　　　　　　　　　　　　　　111010182

ISBN-978-626-344-038-8

中國語言文字研究輯刊
二三編　　第二四冊　　　　　　ISBN：978-626-344-038-8

李國正論文自選集（第三冊）

作　　者　李國正
主　　編　許學仁
總 編 輯　杜潔祥
副總編輯　楊嘉樂
編輯主任　許郁翎
編　　輯　張雅淋、潘玟靜、劉子瑄　美術編輯　陳逸婷
出　　版　花木蘭文化事業有限公司
發 行 人　高小娟
聯絡地址　235 新北市中和區中安街七二號十三樓
　　　　　電話：02-2923-1455／傳真：02-2923-1452
網　　址　http://www.huamulan.tw 信箱 service@huamulans.com
印　　刷　普羅文化出版廣告事業
初　　版　2022 年 9 月
定　　價　二三編 28 冊（精裝）新台幣 96,000 元　　版權所有·請勿翻印

李國正論文自選集
（第三冊）

李國正　著

目
次

第三冊

第四冊

中國古籍互文的生態學分析

摘 要

　　中國古籍互文有六種生態類型：語義重疊、語義互補、語義省略、語義綜合、語義兼類和語義矛盾型。任何類型的互文，在不同的環境層次上，都具有不同的生態形式和結構關係。語句不但在句法結構上有層次性，語句所在的環境也有層次性。認知意向、文化因子對互文的語義及結構關係，在不同的環境層次上有不同程度的制約作用。

關鍵詞：中國古籍；互文；生態類型

導　言

　　本文考察中國古籍互文的六種生態類型：語義重疊型、語義互補型、語義省略型、語義綜合型、語義兼類型和語義矛盾型。任何類型的互文，在不同的環境層次上，都可能具有不同的生態形式和結構關係。傳統語言學對於互文的理解，大多停留在語句環境或篇章環境層次上，這是不夠的。人的認知意向、文化環境對互文的語義及語法結構關係，有不可忽視的誘導、制約作用。因此，語言研究不應當侷限於低層次環境或離開環境作純形式化的考求。

　　古籍裏所謂「互文」，也稱為「互言」、「互辭」，或「互相足」、「互相備」、「互相明」、「互相見」、「互相成」等等。《儀禮・鄉射禮》：「主人曰：『請徹俎』」。唐賈公彥疏云：「凡言互文者，各舉一事，一事自周是互文。」〔註1〕

〔註1〕　〔清〕阮元校刻，《十三經注疏》，北京：中華書局，1980 年，第 1008 頁。

「互文」是中國古籍注疏中運用的術語，通常指一個語句或語段中兩個或多個語詞在語義上相互重疊、相互補充，或相互提示的現象。本文從生態語言學的角度考察賈公彥所指「各舉一事」的互文。為了表述的方便，文中引進了一些生態學概念。這些概念按照生態語言學理論重新加以界定，具有新的內涵。〔註2〕生態語言學理論認為，世界上任何自然語言以及任何語言元素、言語成分都不是孤立存在的；它們都置於一定的生態環境之中，與環境相互聯繫，相互作用而運動變化。因此，考察任何語言、語言元素或言語成分，都不能脫離特定的環境。語言、語言元素或言語成分，在不同層次上與特定環境條件相互整合，決定了它們的存在形式。這種形式，稱為生態形式。在不引起誤解的情況下，簡稱生態。語言、語言元素或言語成分賴以生存的環境，稱為生態環境，簡稱環境。語言、語言元素或言語成分賴以生存的必要環境條件，稱為生態環境條件，簡稱生態條件。語言、語言元素或言語成分與特定生態環境條件整合生成的變體所構成的類型，稱為生態類型。具有一定時空分布的語言或言語成分與一定環境條件整合，在一定生態環境中所佔據的、有一定功能等級的時空位置與關係，稱為生態位。

互文具有六種生態類型。

一、語義重疊型

《詩·大序》：「故正得失，動天地，感鬼神，莫近於詩。」孔穎達疏：「天地云動，鬼神云感，互言耳。」〔註3〕

1. 結構分析

在古漢語中，「動天地，感鬼神」可能有如下語法結構關係：

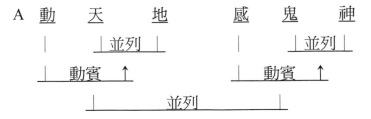

〔註2〕生態語言學理論是本文作者於 1987 年把生態學基本原理與語言研究結合起來新創的交叉學科理論。詳細內容參閱《語文導報》1987 年第 10 期拙文《生態語言系統說略》，以及拙著《生態漢語學》。

〔註3〕［清］阮元校刻，《十三經注疏》，北京：中華書局，1980 年，第 270 頁。

古漢語表被動的介詞可以省略，若視此互文已省略表被動的介詞或者動詞為使動，都會有：

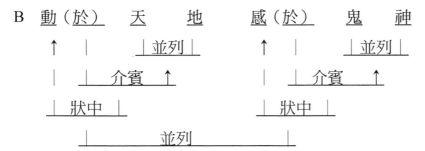

古漢語定中結構的短語有時可以省略中心成分，如「乘堅策肥」是「乘堅車策肥馬」的省略式。這樣又可以分析為：

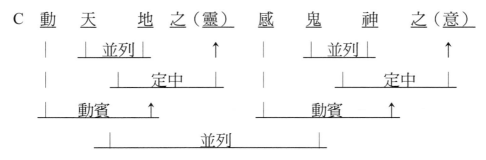

2. 認知意向

　　既然此互文可能有三種不同的結構模式，那就表明該語句可能涵蓋多種語義，客觀上也就為解讀互文提供了多種意向選擇的機會。孔穎達疏曰：「由詩為樂章之故，正人得失之行，變動天地之靈，感致鬼神之意，無有近於詩者。」[註4] 顯然，孔穎達認為「天地」、「鬼神」分別是「天地之靈」、「鬼神之意」的省略式。但這只是適合互文生態形式的一種語義選擇，它在邏輯上不能排除其他可能出現的語義選擇。

3. 語境分析

　　為此，有必要考察該互文所在的篇章生態環境。孔氏以為「正得失」即「正人得失之行」，這與《大序》通篇精神不符。其一，《大序》云：「先王以是（指詩──引者）經夫婦，成孝敬，厚人倫，美教化，移風俗。」此句下孔疏曰：「美教化者，美謂使人服之而無厭也。若設言而民未盡從，是教化未美，故教民使美此教化也。……孔子曰，移風易俗莫善於樂言。聖王在上統理人倫，必

〔註4〕　［清］阮元校刻，《十三經注疏》，北京：中華書局，1980 年，第 270 頁。

移其本而易其末,然後王教成,是其事也。此皆用詩為之。」〔註5〕可見詩之功用,不僅正行,而且正言。其二,《大序》曰:「是以一國之事,係一人之本,謂之風。言天下之事,形四方之風,謂之雅。雅者,正也。言王政之所由廢興也。」孔疏曰:「詩之所陳,皆是正天下大法。文武用詩之道則興,幽厲不用詩道則廢。此雅詩者,言說王政所用廢興。」〔註6〕進一步看,詩不僅正言行,且「皆是正天下大法」,「正得失」與其等同於「正人得失之行」,毋寧解為「言廢興」更切合篇章生態環境。「正得失,動天地,感鬼神」形式一致,結構相同。把「正得失」視為「正人得失之行」的省略式既然與語境相扞格,則「動天地,感鬼神」解為「變動天地之靈,感致鬼神之意」也就純屬蛇足了。由於「正得失」為動賓結構關係,「動天地,感鬼神」在語句層次上結構關係與之保持對應,因之,B、C兩種結構分析不適合互文所在的篇章生態環境。

4. 組合關係

互文可以組合為:

A. 感動天地鬼神

B. 動天地鬼神　感鬼神天地

C. 感動天地　感動鬼神

這三種組合都適合互文所在的篇章生態環境。

5. 語義分析

《說文·心部》:「感,動人心也。从心咸聲。」〔註7〕

孔疏:「故《樂記》云:奸聲感人而逆氣應之,……正聲感人而順氣應之。……又曰,歌者直己而陳德也,動己而天地應焉。」〔註8〕「感人」與「動己」前後並舉,出現的語句環境相似,顯見為同義結構,是「感」亦「動」也。則「感」與「動」在互文生態環境中也是同義並用。所謂「正得失」,「得」字襯音,偏義在「失」,「正」與「得」在語義邏輯上不能搭配。因之「正得失」猶言「正失」。孔疏:「《公羊傳》說《春秋》功德云:『撥亂世反諸正,莫近諸《春秋》』。何休

〔註5〕 〔清〕阮元校刻,《十三經注疏》,北京:中華書局,1980年,第270頁。
〔註6〕 〔清〕阮元校刻,《十三經注疏》,北京:中華書局,1980年,第272頁。
〔註7〕 〔漢〕許慎,《說文解字》,北京:中華書局,1963年,第222頁。
〔註8〕 〔清〕阮元校刻,《十三經注疏》,北京:中華書局,1980年,第270頁。

云：『莫近猶莫過之也』。」〔註9〕則「莫近於詩」即「莫過於詩」。

6. 文化分析

孔穎達疏：「《周禮》之例，天曰神，地曰祇，人曰鬼，鬼神與天地相對，唯謂人之鬼神耳。」〔註10〕根據這樣的傳統觀念，「天地」與「神祇」的文化內涵是一致的，若「鬼神」與「天地」相對並舉，則其文化內涵也相近。所以孔疏云：「人君誠能用詩人之美道，聽嘉樂之正音，使賞善伐惡之道，舉無不當，則可使天地效靈，鬼神降福。」〔註11〕這裡的「天地」、「鬼神」實際上文化內涵已完全一致。不僅如此，「人曰鬼」，所謂鬼神亦人之鬼神。這樣，人——鬼神——天地在傳統文化觀念體系裏是可以互相轉化、互相替代的概念。難怪孔疏云：「歌者，直己而陳德，動己而天地應焉，四時和焉，星辰理焉，萬物育焉。」〔註12〕這種「天人感應」、「天地神鬼人一體化」的哲學觀念，一直影響到後代。《論語·先進》「季路問事鬼神」宋代邢昺疏云：「子路問事鬼神者，對則天曰神，人曰鬼；散則雖人亦曰神。」〔註13〕因此，「天地」、「鬼神」、「人」儘管在語義上各有其特定的內涵，在一定的言語生態環境中可以各自獨立，相互區別，但在一定的文化生態環境中，它們就可能因具備相同的文化內涵而突破原來語義的侷限，在更高的層次上作為等義詞語運用。這樣，從功能方面考察，互文中「動」與「感」，「天地」與「鬼神」分別是兩對功能相同的言語成分，「動」與「感」在同一語句中都充當謂語，「天地」與「鬼神」都充當同位賓語。從生態語言學角度考察，「動」與「感」，「天地」與「鬼神」所佔據的生態位分別相互重疊，在特定文化層次上分別只有一種語義與之對應。

二、語義互補型

這是中國古籍中最常見最具有代表性的互文類型。

根據互補成分的語義聯繫，語義互補型互文包括類義互補、對義互補與反義

〔註9〕　［清］阮元校刻，《十三經注疏》，北京：中華書局，1980年，第270頁。
〔註10〕　［清］阮元校刻，《十三經注疏》，北京：中華書局，1980年，第270頁。
〔註11〕　［清］阮元校刻，《十三經注疏》，北京：中華書局，1980年，第270頁。
〔註12〕　［清］阮元校刻，《十三經注疏》，北京：中華書局，1980年，第270頁。
〔註13〕　［清］阮元校刻，《十三經注疏》，北京：中華書局，1980年，第2498頁。「對」與「散」是宋代邢昺為《論語》作注所運用的術語。「對」指兩個語詞在同一語段運用時語義有相對應相比較相區別的關係；「散」指相對應的若干語詞中其中一個語詞獨立運用的現象。

互補三種次類型。類義互補者，如王昌齡《出塞》「秦時明月漢時關」。「秦」與「漢」，都是朝代名稱，語義相類，都充當中心詞「明月」和「關」的定語。完整的語義是「秦漢時明月秦漢時關」。對義互補者，如《左傳・隱公元年》「公入而賦：『大隧之中，其樂也融融』；姜出而賦：『大隧之外，其樂也洩洩』」，「入」與「出」，「中」與「外」；白居易《琵琶行》「主人下馬客在船」，「主人」與「客」；杜甫《潼關吏》「大城鐵不如，小城萬丈餘」，「大城」與「小城」；《木蘭詩》「雄兔腳撲朔，雌兔眼迷離」，「雄兔」與「雌兔」。它們分別語義相對。反義互補者，如《禮記・坊記》「君子約言，小人先言」，鄭玄注：「約與先互言耳。君子約則小人多矣，小人先則君子後矣。」〔註14〕《易・坤卦・象傳》：「西南得朋，乃與類行；東北喪朋，乃終有慶。」楊樹達《漢文文言修辭學》之「參互」分析此例：「亡友曾運乾云：此言與同類行則無慶，不與同類行則有慶也。義與今之電學排同引異相似。而上二句但言其事，不言其吉否；下二句言其吉否，不言其事，所謂互文以見義也。」〔註15〕「約」與「多」，「先」與「後」；「乃與類行」同「不與類行」，「乃終無慶」同「乃終有慶」，它們分別語義相反。應當注意的是，這種類型的互文，在形式上往往只出現一對反義詞中的一個語詞，在語義上與它對立的另一語詞要由認知意向逆推，不能僅僅依據現成的言語材料生硬拼湊。如不能將「約」與「先」或「乃與類行」與「乃終有慶」互補。

上述三種次類型的互文，根據兩部分語義邏輯允許的組合方式的多少，每種次類型又可以劃分為簡式互補與複式互補兩種情形。通常情況下，簡式互補的互文前後兩部分語義邏輯允許的組合方式較少，互補成分在新組合的語句中佔有的生態位沒有多大選擇自由，因而語句生態形式較少，難以構成多個結構關係不同的語句。

複式互補則組合方式較多，可以構成多個結構關係不同的語句，佔有的生態位相對有更多的選擇自由。複式互補大都是類義互補。如岑參《白雪歌送武判官歸京》「將軍角弓不得控，都護鐵衣冷難著」。「將軍」與「都護」，都是軍隊成員，語義相類，在短語中都充當主語；「角弓不得控」、「鐵衣冷難著」既是「將軍」的謂語，也是「都護」的謂語。此例互文前後兩部分的語詞，邏輯允

〔註14〕 ［清］阮元校刻，《十三經注疏》，北京，中華書局，1980年，第1619頁。
〔註15〕 楊樹達，《漢文文言修辭學》，北京，中華書局，1980年，第104頁。

許還可以有三種組合方式：

   A. 將軍鐵衣冷難著　都護角弓不得控

   B. 將軍都護角弓不得控　都護將軍鐵衣冷難著

   C. 將軍、都護角弓不得控，鐵衣冷難著

但由於多種條件的限制，邏輯允許的多種組合方式並不一定都是詩歌表達的最佳方式。要確定最佳方式須得考察互文生態環境中的若干相關因素。

如杜甫《恨別》：「思家步月清宵立，憶弟看雲白日眠。」

1. 結構分析

通常語法結構關係如 A 所示：

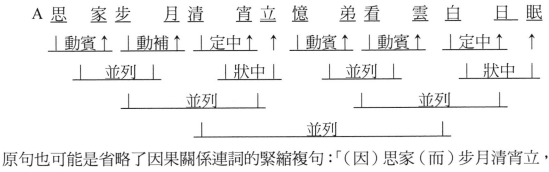

原句也可能是省略了因果關係連詞的緊縮複句：「（因）思家（而）步月清宵立，（因）憶弟（而）看雲白日眠」。則語法結構可分析為：

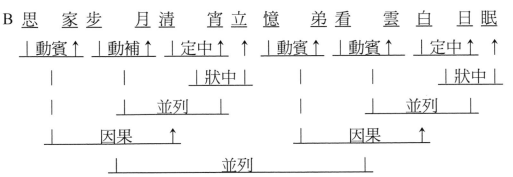

也可能是「思家（於）步月清宵立，憶弟（於）看雲白日眠」省略了介詞的狀語後置句：

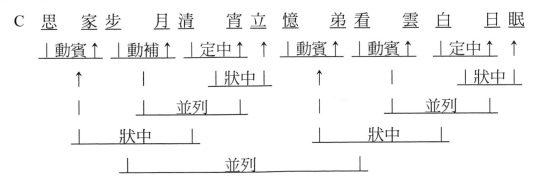

2. 認知意向

三種結構關係暗示解讀文本不限於一種認知意向。通常按語法結構 A 得出的認知意向，是把前後兩個分句作為相對獨立的兩種語義來理解，但是這樣解讀違反了互文的基本原則，因而 A、B、C 三種語法結構都必須排除兩個分句各自獨立的常規認知定勢，樹立互補性整體性的思惟觀念。然而，無論是並列關係，先因後果，抑或先果後因，必然導致不同的認知意向，由此產生不同的語義解讀。

3. 社會背景

杜甫在成都寫這首詩時正值安史之亂，兵戈頻仍，家山迢遞，音問阻絕。安史之亂造成的思親之切，離別之恨，不再是作者個人的遭際與恩怨，而是一個社會，一個時代的縮影。這就為語境分析提供了參考旨向。

4. 語境分析

「洛城一別四千里」，「胡騎長驅五六年」分別從空間與時間兩個維度，點明安史之亂發生的範圍之廣，耗時之久；「草木變衰行劍外」，「兵戈阻絕老江邊」則將無自覺意識的草木與有意識情感的人相提並舉，抒發了「樹猶如此，人何以堪」的感慨。這就為進一步表達羈旅在外的作者無時無地不在思念家人的深切情懷，造成了胡騎長驅、兵戈阻絕、草木變衰、洛城闊別的特定語境氛圍。

5. 組合關係

互文可以組合為：

A. 思家憶弟步月清宵立　憶弟思家看雲白日眠

B. 步月清宵立思家憶弟　看雲白日眠憶弟思家

C. 思家憶弟步月清宵立看雲白日眠

6. 語義分析

「思家」與「憶弟」語義相類，共同構成「思念親人」這一語義核心。思親之切由反常的特殊行為凸顯出來：清宵本是睡眠的時間，但詩人卻在月光下佇立徘徊；白日本是勞作的時間，但詩人卻望著天上的白雲進入夢鄉。作者以這兩個典型的思親畫面涵蓋了所有的生活場景，以鮮明精練的形象，表達了詩人無時無地不在思念家人的深切情懷。因此，語義解讀不應狹隘理解

為只有「步月清宵立」「看雲白日眠」才思親；更不能誤解為「步月清宵立」才思家，「看雲白日眠」才憶弟。

複式互補型互文的互補成分在新組合的語句中相對有較多選擇生態位的自由，因而在同一環境層次中同一互文可能具有多種語義和語法結構關係。

再看下例：

杜甫《春望》：「感時花濺淚，恨別鳥驚心。」

1. 結構分析

A 感　　時　花　濺　淚　　恨　別　鳥　驚　心
　　└動賓↑　│　└動賓↑　　└動賓↑　│　└動賓↑
　　│　　└主謂　↑　　　│　　└主謂　↑
　　└　因果　↑　　　　　└　因果　↑
　　　　└　　　　並列　　　　┘

B 「感時」、「恨別」在古漢語中後置成分通常表原因，這樣，「感時」、「恨別」就是「感於時」、「恨於別」的省略式：

感（　）　時　花　濺　淚　　恨（　）　別　鳥　驚　心
↑└介賓↑　│　└動賓↑　　↑└介賓↑　│　└動賓↑
└　狀中　│　└主謂↑　　└　狀中　│　└主謂↑
└　　因果　↑　　　　└　　因果　↑
　　└　　　　並列　　　　┘

C 表使動，也可視為省略介詞：

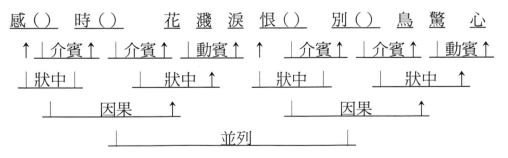

感（　）　時（　）　　花　濺　淚　恨（　）　別（　）　鳥　驚　心
↑└介賓↑　└介賓↑　└動賓↑　↑└介賓↑　└介賓↑　└動賓↑
└狀中┘　└　狀中　↑　└狀中┘　└　狀中　↑
└　因果　↑　　　　└　因果　↑
　　└　　　　並列　　　　┘

2. 認知意向

司馬光《續詩話》：「古人為詩，貴於意在言外，使人思而得之，故言之者無罪，聞之者足以戒。近世唯杜子美，最得詩人之體，如《春望》詩『國破山河在』，明無餘物矣；『城春草木深』，明無人跡矣。花鳥平時可娛之物，見之而

泣，聞之而悲，則時可知矣。」如按司馬光的理解，則有如下分析：

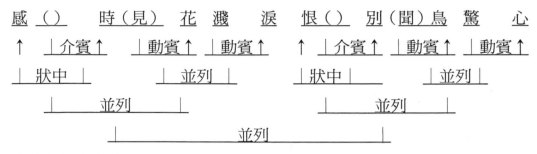

由於認知意向的不同，即使不增字，也還可能有另外的結構分析。

3. 語境分析

漢語語句很難省略謂語動詞，故司馬光增字解詩不一定切合原詩意旨，因而有必要考察互文所在的篇章生態環境。首聯出句「國破山河在」與頸聯出句「烽火連三月」相呼應。國破之下，山河雖在，烽火不息，「感時」即對此而言。此情此景，即使花也濺淚，何況於人！首聯對句「城春草木深」與頸聯對句「家書抵萬金」相呼應。「草木深」則人跡空，人跡空則家書貴，「恨別」即對此而言。人違訊絕，提心弔膽，即使鳥也心驚，何況於人！「花濺淚」、「鳥驚心」這種賦物以情的手法顯然比直抒胸臆的「見花濺淚」、「聞鳥驚心」更見匠心。如取後者，則與司馬光「古人為詩，貴於意在言外，使人思而得之」的見解相悖。

4. 語義分析

《說文·心部》：「感，動人心也。」「恨，怨也。」《集韻》線韻：「濺，激也。」《廣韻》庚韻：「驚，懼也。」這些詞語的語義相互獨立，在語句環境中各佔一定生態位，不存在生態位重疊。「感」、「恨」、「濺」、「驚」在古漢語中均為不及物動詞，「時」、「別」不是「感」、「恨」的對象或結果，而是原因。「淚」、「心」不是受事而是施事。因此互文的語義內涵暗示互文應是如下結構關係：

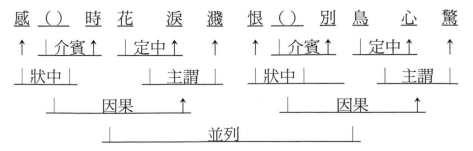

若依此分析，語義邏輯尚存扞格，鳥心即令可驚，花豈能有淚？

5. 文化分析

這就得從文化環境作進一步的考察。賦物以情即今之擬人手法，在唐詩中已普遍運用。如李白《春思》「春風不相識，何事入羅幃」，《古風》四十七「桃花開東園，含笑誇白日」，《蜀道難》「又聞子規啼夜月，愁空山」；李頎《聽董大彈胡笳兼寄語弄房給事》「先拂商弦後角羽，四郊秋葉驚摵摵」；戴叔倫《江都故人偶集客舍》「風枝驚暗鵲，露草泣寒蟲」；皇甫冉《春思》「鶯啼燕語報新年，馬邑龍堆路幾千」；李商隱《早起》「鶯花啼又笑，畢竟是誰春」，《錦瑟》「滄海月明珠有淚，藍田日暖玉生煙」，《無題》「春蠶到死絲方盡，蠟炬成灰淚始乾」；杜牧《贈別》「蠟燭有心還惜別，替人垂淚到天明」。擬人手法在杜甫詩中也普遍運用，如《送韋十六評事充同谷防禦判官》「吹角向月窟，蒼山旌旆愁。鳥驚出死樹，龍怒拔老湫」；《獨酌成詩》「燈花何太喜？酒綠正相親」；《絕句漫興》之五「顛狂柳絮隨風舞，輕薄桃花逐水流」；《遣悶奉呈嚴公二十韻》「烏鵲愁銀漢，駑駘怕錦幪」；《甘園》「青雲羞葉密，白雪避花繁」。這樣，「花濺淚」、「鳥驚心」人格化的結果排除了增字解為「見花濺淚」、「聞鳥驚心」的認知意向。

6. 組合關係

互文可以組合為：

A. 感時恨別花濺淚，恨別感時鳥驚心

B. 感時花鳥濺淚，恨別花鳥驚心

C. 感時花濺淚驚心，恨別鳥驚心濺淚

D. 感時恨別花鳥濺淚驚心

其中 D 種組合雖然語義邏輯允許，但不適合互文所在的篇章生態環境。

可見複式互補型的互文前後兩個部分在篇章生態環境中的組合方式較多，互補成分在新組合的各個語句中可以佔據不同的生態位，因而可能造成不同結構關係的多種語句生態形式。

三、語義省略型

省略通常以默契為前提，古代典籍裏互文語句成分的省略在當時必定具有較強的社會默契性，否則人們就無法讀懂這類互文。對後代而言，這類省略了

語句成分的互文客觀上造成了解讀的困難。如《左傳·襄公四年》:「穆叔如晉,報知武子之聘也。晉侯享之,金奏《肆夏》之三,不拜;工歌《文王》之三,又不拜;歌《鹿鳴》之三,三拜。」

社會意識的默契以文化認同為基礎,缺乏春秋戰國時期禮樂文化常識的讀者,只憑文字表層意義無法正確破譯這段文字的真諦。這就須要進行文化分析。孔穎達在這段文字後疏曰:「此晉人作樂先歌《肆夏》,《肆夏》是作樂之初,故於《肆夏》先言金奏也。次工歌《文王》,樂已先作,非復以金為始,故言工歌也。於《文王》已言工歌,《鹿鳴》又略不言工,互見以從省耳。」〔註16〕由孔穎達的解釋可知,春秋戰國時期奏樂配歌是諸侯會宴賓客的一種禮節。晉侯宴穆叔,作樂先言金奏,事實上用金屬樂器奏樂是同樂工歌誦同步進行的。因此,先言「金奏」,省略了「工歌」;次言「工歌」,省略了「金奏」;再次言「歌」,既省略了「金奏」,又省略了「工」。

中國古代禮制,現代人知之甚少,這就需要參考古代學者的注釋,否則很難正確破識互文語義。如《禮記·喪大記》:「小臣復,復者朝服。君以卷,夫人以屈狄。」鄭玄注:「君以卷,謂上公也;夫人以屈狄,互言耳。上公以衰,則夫人用褘衣;而侯伯以鷩,其夫人用揄狄;子男以毳,其夫人乃用屈狄矣。」孔穎達疏曰:「男子舉上公,婦人舉子男之妻。男子舉上以見下,婦人舉下以見上,是互言也。」孔疏又曰:「君以卷者,謂上公以衰冕而下。夫人以屈狄者,謂子男之夫人自屈狄而下。」〔註17〕由此可見,「君以卷,夫人以屈狄」前部分省略了「君夫人用褘衣」;後部分省略了「子男以毳」。如果不明白周代喪禮對不同爵位品級的有關規定,根本就不會知道這是語義省略型互文,更不會知道省略的具體內容。

由此可見,考察語義省略型互文的關鍵在於文化分析。不懂文化或文化錯位,都會造成失讀或誤解。

四、語義綜合型

互補是不同分句裏位置相對應的語詞的意義相互補充;綜合是不同分句裏位置相對應的語詞的意義整合為一個新的語義。與通常認為互文是為了節省言

〔註16〕 [清] 阮元校刻,《十三經注疏》,北京,中華書局,1980年,第1931頁。

〔註17〕 [清] 阮元校刻,《十三經注疏》,北京,中華書局,1980年,第1572頁。

語材料，以較少的文字表達較豐富內容的觀點相反，語義綜合型互文則是以較多的富於形式美感的文字，表達較少的需要突出的內容。

范仲淹《岳陽樓記》：「不以物喜，不以己悲。」其中「物」與「己」不但指他人與自己，而且整合為涵蓋他人和自己的所有人事環境；「喜」與「悲」也不僅指高興或悲傷，二者整合為涵蓋喜怒哀樂的一切情感。

《木蘭詩》：「東市買駿馬，西市買鞍韉。南市買轡頭，北市買長鞭。」「東市」、「西市」、「南市」、「北市」不可孤立理解為「東邊的市場」、「西邊的市場」……，它們共同整合為一個新的語義：「所有的市場」。「駿馬」、「鞍韉」、「轡頭」、「長鞭」，也整合為一個新的語義：「行李」。同時還留下了十分豐富的想像空間：木蘭是否還購買了其他諸如生活用品、武器裝備等等。這一互文花費了不少文字，乾脆直接說「到所有市場去買了許多行李」，不是更簡潔明白，更符合語言的經濟性原則嗎？

但《木蘭詩》並非普通的社會交際言語，而是靠藝術魅力來感動人的文學文本。文學文本不僅具有普通社會交際言語的信息傳播功能，更重要的是必須塑造生動的形象來凸現其美學功能。在經濟性原則與價值性原則不能兼顧的情況下，文學文本往往不惜犧牲經濟性原則而力求最大化展現自身的審美價值，從而獲得經久不衰的藝術生命力。這就是文學文本中的語義綜合型互文之所以存在的根本原因。「東市」、「西市」、「南市」、「北市」、「駿馬」、「鞍韉」、「轡頭」、「長鞭」，乍一看似乎很不精練，但是它們構成了有規律的節奏，造成了言語形式整齊對稱的格局，既有形式美，又有音律美，這就不是兩句經濟性很強但毫無美感的大白話所能比擬的了。

語義綜合型互文中像這類具有審美價值的語詞，就是言語在文學文本環境中的羨美生態，也就是在特定文學環境中一定歷史時期的一定社會主體的審美條件與一定文本的言語成分的整合。〔註18〕它是文學言語功能達到一個高級層次的表徵。

五、語義兼類型

所謂兼類，是指構成互文的成分在語義上兼有兩種類型的特徵。

〔註18〕李國正，《生態漢語學》，長春，吉林教育出版社，1991年，第497頁。

　　《木蘭詩》：「將軍百戰死，壯士十年歸。」僅從本語句的語義內容來看，「將軍」、「壯士」都是對人的不同稱謂，語義不同。但在篇章生態環境中，卻同指木蘭。這兩個詞語的語義在特定環境中發生重疊，「將軍」就是「壯士」，「壯士」亦即「將軍」，這是語義重疊型互文的特徵。「百戰死」與「十年歸」在語義上相互補充。如果脫離篇章環境，一般會認為「死」是「百戰」的結果補語，可是結合全詩語境考察，「死」實際上是行為狀語後置。如果將軍真的戰死，壯士何以得歸？「百」和「十」都是虛數，意為無數次拼死作戰，多年之後回到家鄉，這是語義互補型互文的特徵。

　　杜牧《早雁》：「仙掌月明孤影過，長門燈暗數聲來。」脫離互文看，「仙掌」是「仙人手掌」的縮略語，「長門」即「高門」。如聯繫社會歷史背景考察，「仙掌」指漢朝建章宮裏手承露盤的銅仙人，「長門」指漢朝陳皇后失寵後居住的長門宮。這兩個詞語在詩篇生態環境中都不是特指，而是「漢宮」的同義詞，因此，本來語義各自獨立的兩個詞語，在特定生態環境內，語義卻發生重疊。「月明」與「燈暗」既互相補充，又相互映襯，因月明而顯得燈暗，以燈暗反襯月明。「孤影過」與「數聲來」既互相補充，又相互聯繫，因影孤故叫聲少，以叫聲少襯雁之孤。可見此互文兼有重疊與互補兩種類型的特徵。

　　杜牧《阿房宮賦》：「燕、趙之收藏，韓、魏之經營，齊、楚之精英，幾世幾年，取掠其人，倚疊如山。」其中前三個分句裏的「燕、趙」，「韓、魏」，「齊、楚」並非特指某兩個具體的國家，而是泛指戰國時期除秦國以外的任何諸侯國。「燕、趙」，「韓、魏」，「齊、楚」對舉並不只表示當時東方的六個強國，三組國名交互為文是以強國涵蓋弱國，以大國涵蓋小國，一言以蔽之，即以具有代表性的六個國家的名稱，概括戰國時期除秦國以外的全部國家。可見三組國名已整合為一個新的語義。而「收藏」、「經營」與「精英」意義相互補充，同一語句包涵互補成分與綜合成分，這是兼有兩種類型特徵的互文。

　　柳宗元《捕蛇者說》：「悍吏之來吾鄉，叫囂乎東西，隳突乎南北，譁然而駭者，雖雞狗不得寧焉。」「叫囂」與「隳突」意義相互補充，表現悍吏一面橫衝直闖、一面大聲叫罵的兇狠形象。而「東西」與「南北」就不是相互補充，因為「東西南北」並非表示四個方向，而是指鄉村裏無論何處。可見「東西」與「南北」已整合為一個新的語義，具備明顯的語義綜合型互文的特徵。同一語句中既有互補成分，又有綜合成分，這是兼有互補與綜合兩種類型特

徵的互文。

這一類型的互文可能出現的組合方式較少，它們在不同生態環境中的生態形式、語義和語法結構可以參照語義互補型互文的方法逐層分析。

六、語義矛盾型

這類互文中的兩個互補成分在同一語句生態環境中的組合存在語義邏輯上的矛盾。例如，《詩・小雅・采芑》「鉦人伐鼓」。

1. 結構分析

這個語句只能有一種結構分析：

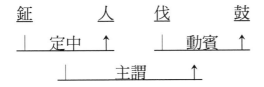

2. 語義分析

孔穎達疏：「《說文》云：『鉦，鐃也。似鈴，柄中，上下通。』」《說文・人部》：「伐，擊也。」鉦人，擊鉦之人。鉦人何以伐鼓？費解。就語句層次而言，「鉦人伐鼓」在語義構成上存在邏輯矛盾。

3. 語境分析

此句在《采芑》第三章，其章云：「鴥彼飛隼，其飛戾天，亦集爰止。方叔涖止，其車三千，師干之試。方叔率止，鉦人伐鼓，陳師鞠旅。顯允方叔，伐鼓淵淵，振旅闐闐。」此章描述宣王命方叔南征蠻荊出發前檢閱軍隊的情形。孔疏云：「方叔既臨視乃率之以行也，未戰之前則陳閱軍士。則有鉦人擊鉦以靜之，鼓人伐鼓以動之。至於臨陣欲戰，乃陳師旅誓而告之。以賞罰使之用命，明信之。」〔註19〕既是出征前閱兵，氣氛必定莊嚴，所以孔疏云「鉦人擊鉦以靜之」。閱兵的目的在於振奮士氣，所以孔疏又云「鼓人伐鼓以動之」。「鼓人伐鼓」為後文「伐鼓淵淵」所印證，但在全詩四章中都找不到支持「鉦人伐鼓」這一語義構成的證據。

4. 文化分析

為此得進一步在文化傳統方面找原因。《周禮・地官・鼓人》云：「以金鐃

〔註19〕 〔清〕阮元校刻，《十三經注疏》，北京，中華書局，1980年，第426頁。

止鼓。」〔註20〕孔穎達在「伐鼓淵淵，振旅闐闐」下疏：「《大司馬》云，鳴鐃且卻，聞鉦而止，是鉦以靜之。《大司馬》又曰，鼓人三鼓，車徒皆作，聞鼓而起，是鼓以動之也。」「凡軍進退皆鼓動鉦止，非臨陣獨然。依文在陳師鞠旅之上，是未戰時事也。」〔註21〕既然《周禮》以金鐃止鼓，則鉦人不應伐鼓而應擊鉦。既然鼓動鉦止非臨陣獨然，則軍旅誓師，必然鉦鼓齊備，人員各司其職。《采芑》第三章既云「伐鼓淵淵」，則必有「鼓人伐鼓」，鉦人豈能越俎代庖？

5. 認知意向

「鉦人伐鼓」後文是「陳師鞠旅」，則「鉦人」、「鼓人」的行為都發生在臨陣之前，誓師之時。鄭玄箋云：「鉦也，鼓也，各有人焉。言鉦人伐鼓，互言爾。」〔註22〕由於文化環境的界定以及「鉦人伐鼓」語義構成上的扞格，誘導認知意向朝著分化語句的思路發展。如果充當定語與充當賓語的兩個成分相互迴避，就可以消除語義邏輯矛盾。

6. 組合關係

清理組合關係的結果，原句正常的組合成分與表達形式應當是：

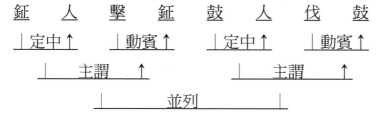

換言之，「鉦人伐鼓」實質上是一個省略了成分的緊縮複句。它在語義上分述兩件事，在結構上則省略了第一分句的謂語和第二分句的主語。可見語義發生矛盾的深層原因並非邏輯失誤，省略語句成分過當是造成語義矛盾的主要原因。

結　論

以上文例的分析，可以在一定程度上擺脫傳統句法分析的侷限，在更為廣闊的背景下探討句法結構與語義的相互關係。語句的組合不但在句法結構上有

〔註20〕 〔清〕阮元校刻，《十三經注疏》，北京，中華書局，1980 年，第 426 頁。

〔註21〕 〔清〕阮元校刻，《十三經注疏》，北京，中華書局，1980 年，第 426 頁。

〔註22〕 〔清〕阮元校刻，《十三經注疏》，北京，中華書局，1980 年，第 721 頁。

層次性，語句所在的環境也有層次性。人的認知意向、文化因子對互文的語義及結構關係，在不同的環境層次上有不同程度的誘導、制約作用。因此，語言研究不應侷限於低層次環境或離開環境作純形式化的考求。

參考文獻

1. ［漢］許慎著，《說文解字》，北京，中華書局，1963 年。
2. ［宋］陳彭年等編，《宋本廣韻》，北京，北京市中國書店，1983 年。
3. ［宋］丁度等編，《集韻》，上海，上海古籍出版社，1985 年。
4. ［清］曹寅、彭定求等編纂，《全唐詩》，臺北，宏業書局有限公司，1977 年。
5. ［清］阮元校刻，《十三經注疏》，北京，中華書局，1980 年。
6. ［清］吳楚材、吳調侯選注，《古文觀止》，北京，中華書局，1987 年。
7. 楊樹達編著，《漢文文言修辭學》，北京，中華書局，1980 年。
8. 李國正著，《生態漢語學》，長春，吉林教育出版社，1991 年。
9. 袁行霈主編，《中國文學作品選注》（第二卷），北京，中華書局，2007 年。

原載馬來亞大學《漢學研究學刊》，2010 年第一卷（創刊號）。

「皈依」的語源與涵義

雙音詞「皈依」的正體是「歸依」，它是梵語 sarana 的漢譯。

就漢語的「歸」、「依」兩字而言，它們早在 3500 年前的殷商晚期就已存在。中國河南安陽小屯村殷墟出土的甲骨卜辭「王其歸」中的「歸」字，是「返還，歸來」之義。東漢學者許慎著的《說文解字》解釋為：「歸，女嫁也。從止，從婦省」。甲骨文「帚」即「婦」，婦女嫁到夫家就稱為「歸」，因為夫家是婦女的歸宿。可見「返還，歸來」不過是本義「女嫁」的引申義而已。「依」字《說文解字》解釋為：「依，倚也。从人，衣聲。」甲骨文「依」並非形聲字，其字形從人在衣中，像人著衣之形，是個會意字，本義就是人穿著衣服。人憑藉衣服可蔽體禦寒，可見倚靠之「倚」也是引申義。東漢明帝以前，中國古籍裏的「歸」、「依」或者「歸依」，與佛經教義沒有任何關係，只能從漢語傳統的意義去理解。

漢明帝之時，佛經傳入中土，佛經漢譯使漢語吸收了大量梵語外來詞。出現在佛經中的「歸依」，通常情況下不能再從漢語傳統的意義去理解，因為它承載了嶄新的佛教文化涵義。羅竹風主編的《漢語大詞典》解釋為：原指佛教的入教儀式。表示對佛、法（教義）、僧三者歸順依附，故也稱三皈依。臺灣慈怡法師主編的《佛光大辭典》對「歸依」的解釋是：指歸敬依投於佛、法、僧三寶。「歸依」之梵語含有救濟、救護之義，即依三寶之功德威力，能加持，攝導歸依者，使能止息無邊之生死苦輪大怖畏，而得解脫一切之苦。

《阿毘達磨大毘婆沙論》卷三十四載:「眾人怖所逼,多依諸山、園苑及叢林,孤樹制多等。此歸依非勝,此歸依非尊,不因此歸依,能解脫眾苦。諸有歸依佛,及歸依法僧,於四聖諦中,恆以慧觀察。知苦知苦集,知永超眾苦,知八支聖道,趣安隱涅槃。此歸依最勝,此歸依最尊,必因此歸依,能解脫眾苦。」可知歸依即由深切之信心,信佛、法、僧三寶確為真正之歸依處,能因之而得種種功德。既知三寶有此等功德,乃立願為一佛弟子,信受奉行,懇求三寶之威德加持攝受,將一己之身心歸屬於三寶,而不再屬天魔外道。一般而言,歸依是信仰,希願領受外來之助力從他力而得救濟。然以歸依之至深意義而言,其最終仍是歸向自己之自心、自性。即佛於涅槃會上所教誡弟子之「自依止,法依止,莫異依止」。此乃明示弟子應依仗自力,依正法修學。蓋自己有佛性,自己能成佛,故自己身心之當體,即為正法涅槃。

佛經中偶有與漢語傳統意義相合者,如《法界次第初門》卷上之下載:「歸」,反還之義,即反邪師而還事正師;「依」,憑依、依靠之義,即憑心之靈覺而得出離三塗及三界之生死。

「歸依」為梵語 sarana 漢譯的正體,然則何以又作「皈依」?「皈」是「歸」的俗體,至遲唐代就已在民間流行。唐詩人李頎《宿瑩公禪房聞梵》詩:「始覺浮生無住著,頓令心地欲皈依。」據《康熙字典》所載,《宋史‧宗室表》有人名曰「公皈」。但「皈」並未被朝廷認可,宋代官方編纂的《廣韻》、《集韻》都未收此字,連遼代釋行均所編多收俗字的《龍龕手鑒》也未收。明代梅膺祚的《字彙》、張自烈的《正字通》都沒有收錄此字,但吳承恩的小說《西遊記》第五十二回卻用了這個俗字:「前聞得觀音尊者解脫汝身,皈依釋教,保唐僧來此求經。」清人仍沿用此字,如蒲松齡的《聊齋誌異‧伍秋月》:「生素不佞佛,至此皈依甚虔。」最早收錄「皈」的是清代吳任臣的《字彙補》。《康熙字典》、《漢語大詞典》據《字彙補》予以正式收錄,「皈」這才獲得官方承認的合法地位。

「皈依」在民間廣泛運用的歷史進程中,涵義逐步超越了佛經教義的範疇。《辭源》說:「後來道教醮章文字也沿用皈依。」《漢語大詞典》所列「皈依」第一個義項說:「佛教語。後多指虔誠信奉佛教或參加其他宗教組織。」第二個義項說:「謂身心歸向,依託。」接著舉了三個例子:

清鈕繡《觚賸‧圓圓》:「圓圓皈依上將,匹合大藩。」

嚴復《有如三保》:「然則以孔子之道例今人,乃無一事是皈依孔子。」

葉聖陶《倪煥之》二九:「這惟有皈依酒了。」

可見「皈依」並不侷限於佛經教義,它已廣泛運用於對其他宗教的信仰,以及對其他人與物的歸向依託。

還剩下最後一個問題,沒有人對「皈」的造字理據做過解釋。我這裏提出一種可能,劉勰《文心雕龍·情采》說:「賁象窮白,貴乎反本。」不知諸君有會於心否?

2011 年 3 月 11 日李國正於拉曼大學金寶校區。

原文連載於馬來西亞《南洋商報》2011 年 3 月 27 日 A16、28 日 A14 版。

A Study on the Word "Hong" (Red) in the final 40 Chapters of *A Dream of Red Chambers*

Abstract

This research paper is based on the text edited by Feng Qiyong's *A Collection of Eight Schools of Criticism on Hong Lou Meng* (《八家評批紅樓夢》). It was published by Culture and Arts Press，Beijing in September, 1991. The focus areas of this paper: *A Study on the Word 'Hong' (Red) in the final 40 Chapters of A Dream of Red Chambers* are as follows:

1.1 Frequency of occurrence:

The number of occurences of the word 'Hong' (Red) in the text of the final forty chapters is 159. In one of the Chapters, the occurrences of the word 'Hong' (Red) is 0 and it is the lowest number of occurrences. In another chapter, the word 'Hong' (Red) occurs 20 times, which is the highest frequencies of all the chapters. 0, 5, 7, 20 frequencies of occurences occurs once only in chapter 105, 82, 102 and 88, the least number of the chapters it occurs. There are nine chapters with only once occurrences of the word 'Hong' (Red) among the final forty chapters, the highest occurrences of the chapters.

1.2 Morphological formation:

There are 22 words formed through the morphological formation based on morpheme 'Hong' (Red) .Out of the 22 words, 13 are bisyllabic words, 4 are trisyllabic words and 5 are tetrasyllabic words respectively.

1.3 Structural approach:

There are 5 structural types of the bisyllabic word namely subject predicate type, modifier type, predicate object type, joint type and embedded type; The two types of trisyllabic word are modified type and embedded type. The three types of tetrasyllabic word are modified type, joint type and embedded type.

1.4 Collocation productivity:

There are 33 phrases formed from the word 'Hong' (Red) or morpheme 'Hong' (Red) . They are categorized into 7 syllabic formation patterns and 5 morphological patterns.

1.5 Syntactic functions:

There are 19 examples of using the monosyllabic word 'Hong' (Red) as the syntactic components of the 5 sentences. The polysyllabic words constructed from the morpheme 'Hong' (Red) are shown in various syntactic functions.

1.6 Lexical expansion:

The monosyllabic word "Hong" has four different meanings. The polysyllabic words constructed from the morpheme 'Hong' (Red) has 18 single meanings and the other four with two different meanings. 33 phrases are constructed from the the word 'Hong' (Red) or the morpheme 'Hong' (Red) . 'Hong' (Red) contains polysemous meaning in 3 phrases, whereas the rest are monosemous.

1.7 Semantic structure:

There are 6 meaning categories for the monosyllabic word 'Hong' (Red) and the polysyllabic words formed by 'Hong' (Red) . The six meaning categories can be categorized into 4 levels.

1.8 Cultural connotation:

There are four cultural connotations for the word 'Hong' (Red) in the text.

Key words: *A Dream of Red Chambers*, the final 40 Chapters, the word 'Hong' (Red) , the meanings of the word 'Hong' (Red) , cultural connotations

1. Introduction and research

This research paper is based on the text of Feng Qiyong's A Collection of Eight Schools of Criticism on Hong Lou Meng. It was published by Culture and Arts Press, Beijing in September, 1991. The previous research paper entitled *A Study on the Word 'Hong' (Red) in the first 80 Chapters of A Dream of Red Chambers* was published on the journal, Cross-Cultural Communication (Volume 4, Number 2, 30 June 2008) . The 8 focus areas and approaches of *A Study on the Word 'Hong' (Red) in the final 40 Chapters of A Dream of Red Chambers* are the same with *A Study on the Word 'Hong' (Red) in the first 80 Chapters of A Dream of Red Chambers*.

1.1 Frequency of occurences

The word 'Hong' (Red) occurs 159 times in the text of the final 40 chapters. The table below specifies the above findings:

Chapter	Page number where the word 'Hong' (Red) occurs	Frequency of occurencences
81	1982，1988，1992	4
82	2002，2003，2006，2016	5
83	2031，2033，2039，2043	4
84	2058，2063，2065	3
85	2080，2081，2083，2084，2087，2088，2091	10
86	2115，2120	2
87	2132，2133，2136，2138，2139，2141，2142	10
88	2163，2164，2167，2168，2169	20
89	2180，2187，2189	4
90	2196，2203，2204	4
91	2221，2222，2224，2225，2228	6
92	2248，2252，2253，2254，2259，	6
93	2274，2288	2
94	2298，2299，2302，2303，2305	6
95	2337，2339	2
96	2354，2361	2
97	2395，2396，2403	3
98	2430，2431，2439，	3

99	2459	1
100	2482，2483	4
101	2497，2499，2507，2509，2510，2512	8
102	2529，2530	3
103	2546	1
104	2569	1
105		0
106	2606	1
107	2626	1
108	2642，2649，2652	4
109	2666，2667，2668，2670，2672，2675	8
110	2697，2711，2712	3
111	2719，2726	2
112	2760	1
113	2769，2772，2777	4
114	2805	1
115	2813	1
116	2839，2844，2850	3
117	2868，2874，2876，2880，2881	6
118	2917	1
119	2938，2945	2
120	2968，2970，2973，2975，2981，2989	7

From the above table，the word 'Hong' (Red) doesn't occure in chapter 105 and it occurs 20 times in chapter 88, which is the highest occurences.

1.2　Morphological formation

There are 22 words formed through the morphological formation of the morpheme 'Hong' (Red) . The first number in the bracket refers to the number of occurences, the others indicate the page number the word 'Hong' (Red) occurs.

（1）13 examples of bisyllabic words:

通紅 TONG HONG (fearfully flushed，full red)（5：1982，2228，2361，2569，2973）

飛紅 FEI HONG (flushed crimson，blushed furiously)（14：2058，2088，2164，

2167，2224，2439，2509，2512，2642，2649，2666，2672，2850，2917）

紅的 HONG DE (red)（4：2080，2081，2139，2938）

紅暈 HONG YUN (blushing furiously)（3：2139，2225，2483）

鮮紅 XIAN HONG (red，crimson)（2：2142，2712）

小紅 XIAO HONG (Xiaohong，Hongyu the maid)（29：2163，2164，2167，2168，2169，2187，2196，2253，2254，2497，2499，2510，2719，2772，2777，2876）

紅拂 HONG FU (the girl with the red whisk，the maid)（1：2252）

掃紅 SAO HONG (Saohong，the maid)（1：2274）

紅漲 HONG ZHANG (blushed，the maid)（1：2288）

紅赤 HONG CHI (hectically flushed)（1：2396）

紅潮 HONG CHAO (red tide)（1：2668）

紅腫 HONG ZHONG (red，swollen)（1：2844）

紅塵 HONG CHEN (world，dusty world)（2：2868，2975）

（2）4 examples of trisyllabic words:

怡紅院 YI HONG YUAN (happy red court)（17：1982，1992，2002，2006，2031，2083，2136，2141，2189，2248，2254，2298，2299，2305，2337，2395，2652）

穿紅的 CHUAN HONG DE (in red)（1：2529）

紅樓夢 HONG LOU MENG (a dream of red mansions)（1：2968）

悼紅軒 DAO HONG XUAN (Mourning-the-Red Studio)（2：2989）

（3）4 examples of tetrasyllabic words:

怡紅主人 YI HONG ZHU REN (master of the happy red court)（1：2180）

紅口白舌 HONG KOU BAI SHE (red mouth and white tounge)（1：2430）

紅撲撲兒 HONG PU PU ER (red)（1：2482）

青紅皂白 QING HONG ZAO BAI (the facts of the matter)（1：2546）

千紅萬紫 QIAN HONG WAN ZI (all flowers blossom)（1：2711）

1.3 Structural approach

1.3.1　The constructive pattern of the bisyllabic word

（1）3 examples of subject predicate type:

紅漲 HONG ZHANG (blushed, the maid)，紅暈 HONG YUN (blushing furiously) and 紅潮 HONG CHAO (red tide).

（2）6 examples of modifier type:

紅塵 HONG CHEN (dusty world)，通紅 TONG HONG (fearfully flushed, full red)；小紅 XIAO HONG (Xiaohong, Hongyu the maid)，紅拂 HONG FU (the girl with the red whisk，the maid)，紅暈 HONGYUN (blushing furiously)and 鮮紅 XIAN HONG (red, crimson).

（3）2 examples of predicate object type:

掃紅 SAO HONG (Saohong，the maid) and 飛紅 FEI HONG (flushed crimson, blushed furiously).

（4）2 examples of joint type:

紅赤 HONG CHI (hectically flushed) and 紅腫 HONG ZHONG (red, swollen).

（5）1 example of embedded type:

紅的 HONG DE (red).

The morpheme'yun'暈 that forms'hongyun'紅暈(blushing furiously)contains two meanings and two constructive patterns relatively. They are denoted by alphabet A and B after them.

1.3.2　The constructive pattern of the trisyallabic word

There are two levels of the constructive pattern for the trisyallabic word. This research paper follows the first constructive level breakdown, the connection of the second structural level is indicated in the bracket after the word.

（1）3 examples of modifier type:

悼紅軒 DAO HONG XUAN (Mourning-the-Red Studio)（述補 predicate compliment），紅樓夢 HONG LOU MENG (A Dream of Red Mansions)（偏正

modifier），怡紅院 YI HONG YUAN (The happy red court)（述補 predicate compliment）

（2）1 example of embedded type:

穿紅的 CHUAN HONG DE (in red)（述賓 predicate object）.

1.3.3 The constructive pattern of the tetrasyallabic word

There are two levels of the constructive pattern of the tetrasyallabic word. The connection of the second structural level is indicated in the brackets after the word accordingly.

（1）1 example of modifier type:

怡紅主人 YI HONG ZHU REN (the master of the happy red court)（述補，偏正 predicate compliment, modifier）

（2）3 examples of joint type:

青紅皂白 QING HONG ZAO BAI (the fact of the matter)（聯合，聯合 joint, joint），紅口白舌 HONG KOU BAI SHE (red mouth white tounge)（偏正，偏正 modifier, modifier），千紅萬紫 QIAN HONG WAN ZI (all flowers blossom)（偏正，偏正 modifier, modifier）

（3）1 example of embedded type:

紅撲撲兒 HONG PU PU ER (red)（附加，重疊 embedded, overlap）

1.4 Collocation productivity

1.4.1 The syllabic collocation type of phrase

There are 33 phrases formed from the word 'Hong' (Red) or the morpheme 'Hong' (Red). In the brackets after the phrase, the first number refers to the number of occurences, the other numbers are the page number which the phrase occurs.

（1）11 examples of bisyllabic phrase:

紅日 HONG RI (red sun)（1：2003）

紅杏 HONG XING (red apricot)（1：2132）

紅鞋 HONG XIE (red slippers)（1：2221）

微紅 WEI HONG (flushed)（2：2302、2483）

紅燈 HONG DENG (red lantern)（1：2431）

紅臉 HONG LIAN (red face)（1：2530）

紅鬚 HONG XU (red beard)（1：2530）

眼紅 YAN HONG (eyes glow, red eyes)（1：2626）

發紅 FA HONG (glow : redden)（1：2697）

紅色 HONG SE (red)（1：2839）

紅門 HONG MEN (red door)（2：2880，2881）

（2）6 examples of trisyallabic phrase:

紅了臉 HONG LE IAN (redfaced)（11：2016，2087，2120，2139，2164，2459，2668，2670，2726，2760，2813）

紅著臉 HONG ZHE LIAN (red faced)（4：2043，2091，2167，2204）

紅單帖 HONG DAN TIE (red latter, red envelope)（1：2080）

粉紅箋 FEN HONG JIAN (purple, pink paper)（1：2180）

紅綢子 HONG CHOU ZI (red silk)（1：2303）

紅鬍子 HONG HU ZI (red beard)（1：2769）

（3）9 examples of tetrasyallabic phrase:

梅紅單帖 MEI HONG DAN TIE (a sheet of pink stationery)（1：2033）

紅紙包兒 HONG ZHI BAO ER (red package)（1：2065）

紅汗巾子 HONG HAN JIN ZI (red sash)（1：2115）

紅小襖兒 HONG XIAO YAO ER (red jacket)（1：2203）

大紅洋縐 DA HONG YANG ZHOU (red crepe inner jacket)（1：2203）

大紅縐綢 DA HONG ZHOU CHOU (red crepe inner silk)（1：2259）

面紅耳熱 MIAN HONG ER RE (blushed up to his ears)（1：2672）

眼腫腮紅 YAN ZHONG SAI HONG (eyes swollen cheek flushed)（1：2945）

猩紅汗巾 XING HONG HAN JIN (old scarlet sash)（1：2981）

（4）3 examples of penta-syllabic phrase:

朱紅繡花針 ZHU HONG XIU HUA ZHEN (red embroidery needles)（1：

1988）

紅綢子包兒 HONG CHOU ZI BAO ER (red silk package)（1：2339）

大紅猩猩氈 DA HONG XING XING ZHAN (red felt cape)（1：2970）

（5）1 example of six-syllabled phrase:

大紅短氈拜墊 DA HONG DUAN ZHAN BAI DIAN (red felt cushion)（1：2606）

（6）2 examples of seven-syllabled phrase:

石榴紅灑花夾褲 SHI LIU HONG SA HUA JIA KU (pomegranate-red trousers)（1：2221）

桃紅綾子小襖兒 TAO HONG LING ZI XIAO YAO ER (peach-red silk-padded quilty)（1：2667）

（7）1 example of eight-syllabled phrase:

桃紅綾子小綿被兒 TAO HONG LING ZI MIAN BEI ER (peach-red silk-padded quilt)（1：2063）

1.4.2　The constructive patterns of phrases

There are 5 constructive patterns of phrases for the trisyallabic word constructed from the word 'Hong' (Red) or the morpheme 'Hong' (Red) . Since the expression 微紅「weihong」 (pale red, light red) contains two meanings and two relatively constructive patterns of phrases, the expression 微紅「weihong」 (pale red, light red) is denoted by 'A' and 'B'. The second constructive level connection of the phrase refers to the indication in the brackets.

（1）27 examples of set phrases:

紅日 HONG RI (red sun, the sun was high in the sky)（偏正 modifier），紅鞋 HONG XIE (red slippers)（偏正 modifier），紅杏 HONG XING (red apricot)（偏正 modifier），紅色 HONG SE (red)（偏正 modifier），紅臉 HONG LIAN (red faced)（偏正 modifier），紅鬚 HONG XU (red beard)（偏正 modifier），紅門 HONG MEN (red door)（偏正 modifier），紅燈 HONG DENG (red lantern)（偏正 modifier），

微紅 A WEI HONG (flushed)（偏正 modifier），紅單帖 HONG DAN TIE (a sheet of pink stationery)（偏正 modifier），粉紅箋 FEN HONG JIAN (purple，pink paper)（偏正 modifier），紅綢子 HONG CHOU ZI (red silk)（附加 embedded）紅鬍子 HONG HU ZI (red beard)（附加 embedded），梅紅單帖 MEI HONG DAN TIE (a sheet of pink stationery)（偏正 modifier，偏正 modifier），紅紙包兒 HONG ZHI BAO ER (red package)（偏正 modifier，附加 embedded），紅汗巾子 HONG HAN JIN ZI (red sash)（附加 embedded）；紅小襖兒 HONG XIAO YAO ER (red jacket)（附加 embedded），大紅洋縐 DA YANG ZHOU (red crepe inner jacket)（偏正 modifier，偏正 modifier），大紅縐綢 DA HONG ZHOU CHOU (red crepe inner silk)（偏正 modifier，偏正 modifier），猩紅汗巾 XING HONG HAN JIN (old scarlet sash)（偏正 modifier，偏正 modifier），朱紅繡花針 ZHU HONG XIU HUA ZHEN (red embroidery needles)（偏正 modifier，偏正 modifier），紅綢子包兒 HONG CHOU ZI BAO ER (red silk package)（偏正 modifier，附加 embedded）；大紅猩猩氈 DA HONG XING XING ZHAN (red felt cape)（偏正 modifier，偏正 modifie），大紅短氈拜墊 DA HONG DUAN ZHAN BAI DIAN (red felt cushion)（偏正 modifier，偏正 modifier），石榴紅灑花夾褲 SHI LIU HONG SA HUA JIA KU (pomegranate-red trousers)（偏正 modifier，偏正 modifier），桃紅綾子小襖兒 TAO HONG LING ZI XIAO YAO ER (peach-red silk-padded quilt)（偏正 modifier，附加 embeddeded），桃紅綾子小綿被兒 TAO HONG LING ZI XIAO MIAN BEI ER (peach-red silk-padded quilty)（偏正 modifier，附加 embedded）.

（2）1 example of predicative phrase:

微紅 WEI HONG B (pale red, light red).

（3）1 example of subject predicate phrase:

眼紅 YAN HONG (red eyes).

（4）3 examples of verbal phrase:

發紅 FA HONG (glow, redden)；紅了臉 HONG LE LIAN (redfaced)；紅著臉 HONG ZHE LIAN (face blushed).

（5）2 examples of co-ordinate phrase:

文字聲韻訓詁研究
A Study on the Word "Hong" (Red)
in the final 40 Chapters of A *Dream of Red Chambers*

面紅耳熱 MIAN HONG ER RE (blushed up to his ears) (subject predicate, subject predicate) (主謂，主謂); 眼腫腮紅 YAN ZHONG SAI HONG (cheek red) (subject predicate, subject predicate) (主謂，主謂).

1.5 Syntactic functions

1.5.1 There are 19 examples of using the monosyllabic word 'Hong' (Red) as the syntactic components for 5 sentences. In the brackets after the sentences, the number before the comma states the chapter that monosyllabic word 'Hong' (Red) occurs, the number after the comma states the page number that the monosyllabic word 'Hong' (Red) occurs.

（1）Two examples of serving as subject:

帳子的簷子是紅的，火光照著，自然紅是有的。（85，2081）

The valance of the canopy is red，so naturally when it catches the light the curtain seems red too.

寶玉聽了，趕到李紈身旁看時，只見紅綠對開。（108，2649）

Baoyu at once hurried over to have a look and saw that half the pips were red, half green.

In the above sentence, 'were half red, half green' serves as the object of 'saw'. Analysing the phrase 'were half red, half green', we know that the word 'red' and 'green' are parallel subjects. Thus, the word 'Hong' (Red) serves as the components of the sentence indirectly.

（2）14 examples of serving as predicate:

想到此際，臉紅心熱。（82，2006）

Flushing at this though, her heart beat so fast.

那元妃看了職名，眼圈兒一紅，止不住流下淚來。（83，2039）

When she saw on it this name, her heart ached (her eyes brimmed) and she could not hold back her tears.

剛說到這裡，臉一紅，微微的一笑。（85，2084）

She broke off, blushing and smiling.

賈芸把臉紅了道：「這有什麼的，我看你老人家就不……」（85，2087）

"What have I said wrong ?" Jia Yun reddened. "Wouldn't you?"

說著，眼圈兒又紅了。（87，2133）

Her eyes brimmed with tears again.

妙玉聽了，忽然把臉一紅。（87，2138）

Miaoyu flashed up.

你沒有聽見人家常說的「從來處來」麼？這也值得把臉紅了。（87，2139）

"Have you never heard the saying 'I came from where I've been?' Why blush like that as if she were a stranger?"

寶蟾把臉紅著，並不答言。（91，2222）

She blushed but did not answer.

王夫人見賈政說著也有些眼圈兒紅。（96，2354）

Lady Wong saw that the rims of his eyes had reddened and knew how distressed he was.

薛蝌被他拿話一激，臉越紅了。（100，2483）

At this taunt, Xue Ke blushed even redder.

說著，自己的眼圈兒也紅了。（101，2507）

At this, Pinger's eyes brimmed with tears.

寶玉聽了，知是失言，臉上一紅，連忙的還要解說。（114，2805）

Aware of this gaffe BaoYu blushed, wanting to explain. To know how he justified himself.

說著，眼圈兒一紅，連忙把腰裏拴檳榔荷包的小絹子拉下來擦眼。（117，2874）

The rims of his eyes were red bow and he dabbed at them with silk handkerchief to the sachet at his waist.

王夫人也眼圈兒紅了，說：「你快起來，……」（117，2874）

"Get up quickly!" she said, her own eyes reddening.

（3）One example of serving as object:

喜娘披著紅扶著。（97，2403）

A maid with a red sash helps her out.

（4）One example of serving as compliment:

小紅滿臉羞紅，說道：「你去罷，……」（88，2168）

Blushing all over her face she answered: "Go now".

（5）One example of serving as pivot:

還有兩匹紅送給寶二爺包裹這花。（94，2303）

Here are two rolls of red silk too, a congratulatory gift Master Bao to drape over the trees.

1.5.2　There are 21 polysyllabic words formed from the morpheme 'Hong' (Red) . We investigate the syntactic functions through analyzing the following words:

（1）通紅 TONG HONG (fearfully flushed)

（a）2 examples of serving as predicate:

只見寶釵滿面通紅，身如燔灼。（91，2228）

Found Baoyu fearfully flushed.

已見鳳姐哭的兩眼通紅。（96，2361）

Xifeng's eyes were red from weeping.

'Eyes were red' serves as the compliment of the word 哭'ku' (weeping).In the phrase 兩眼通紅'eyes were red'，通紅'red' serves as the predicate.

（b）Three examples of serving as compliment:

黛玉的兩個眼圈兒已經哭的通紅了。（81，1982）

Daiyu eyes were red from weeping.

賈珍等臉漲通紅的，也只答應個「是」字。（104，2569）

Jia Zhen and Jia Lian flushed red, not venturing to answer more than "Yes, sir."

倒把香菱急得臉脹通紅。（120，2973）

Xiangling flushing crimson protested.

'Face flushing crimson' is the compliment of 'protested'. In the phrase 'flushed red', 'red' serves as the compliment of 'flushed'.

（2）飛紅 FEI HONG (flushed crimson, blushed furiously, blushed，flushed)

（a）飛紅 FEI HONG occurs 14 times and it serves as predicate:

薛姨媽滿臉飛紅，歎了口氣道……（84，2058）

Aunt Xue flushed crimson and sighed.

黛玉滿臉飛紅，又不好說。（85，2088）

Daiyu blushed furiously, not knowing whether to let this go or not.

小紅聽了，把臉飛紅，瞅了賈芸一眼，也不答言。（88，2164）

Hongyu blushed and glanced at him, but did not answer.

說了這句話，把臉又飛紅了。（88，2167）

She blushed crimson again.

金桂也覺得臉飛紅了。（91，2224）

Jingui flushed.

寶釵把臉飛紅了。（98，2439）

Baochai blushed.

把個寶釵直臊的滿臉飛紅。（101，2509）

Baochai blushed all over her face.

'Blushed all over her face' is the compliment of 'Baochai's cheeks'. In the phrase 'blushed all overher faces', 'blushed' serves as the predicate.

寶釵飛紅了臉。（101，2512）

Baochai, flushing crimson.

湘雲說到那裡，卻把臉飛紅了。（108，2642）

Xiangyun put in, her face flushed crimson.

寶釵的臉也飛紅了。（108，2649）

Baochai blushed scarlet.

登時飛紅了臉。（109，2666）

Xiren flushed crimson with embarrassment.

五兒把臉飛紅。（109，2672）

Wuer blushed furiously, her heart beating fast.

那五兒聽了，自知失言，便飛紅了臉。（116，2850）

Aware that she had given herself away, Wuer blushed furiously.

鶯兒把臉飛紅了。（118，2917）

Yinger blushed.

（3）紅的 HONG DE (red)

（a）紅的 HONG DE (red) occurs 4 times and it serves as object:

滿帳子都是紅的。（85，2080）

Making the whole curtain red.

帳子的簷子是紅的。（85，2081）

The valance of the canopy is red.

心上一動，臉上一熱，必然也是紅的。（87，2139）

Her heart misgave her and her cheeks burned—she knew she must be red
in the face too.

劉姥姥見眾人的眼圈兒都是紅的。（119，2938）

Puzzled to find them all with red eyes.

（4）紅暈 HONG YUN (blushing furiously, blushing crimson, blushing,
  pinkish)

（a）Two examples of serving as predicate:

那臉上的顏色漸漸的紅暈起來。（87，2139）

He was running on like this when Miaoyu glanced up at him then lowered
her head again, blushing furiously.

金桂聽了這話，兩顴早已紅暈了。（91，2225）

After listening, Jingui blushing crimson.

（b）Two examples of serving as object:

兩個眼已經乜斜了，兩腮上也覺紅暈了。（100，2483）

She shot him a sidelong glance, blushing as she spoke.

形似甜瓜，色有紅暈，甚是精緻。（109，2675）

The shaped like a musk-melon, pinkish, and very well carved.

（5）鮮紅 XIAN HONG (crimson, red)

（a）One example of serving as predicate:

只見眼睛直豎，兩顴鮮紅。（87，2142）

Her eyes staring, crimson in the face.

（b）One example of serving as attribute:

便噴出鮮紅的血來。（110，2712）

Then red blood spurted from her mouth.

（6）小紅 XIAO HONG (Xiaohong，Hongyu)

It occurs 29 times.

（a）22 examples of serving as subject:

小紅進來回道……（88，2163）

Xiaohong came in next to report.

小紅出來，瞅著賈芸微微一笑。（88，2163）

Hongyu went out and smiled at Jia Yun.

小紅紅了臉，說道……（88，2164）

Blushing she said......

小紅怕人撞見。（88，2164）

For fear of detection，she cut him short by asking.

小紅聽了，把臉飛紅。（88，2164）

Hongyu blushed and glanced at him, but did not answer.

小紅見賈芸沒得彩頭，也不高興。（88，2167）

As Jia Yun had been rebuffed, Hongyu was upset too.

小紅不接，嘴裏說道……（88，2167）

Hongyu thrust them back，she said.

小紅微微一笑，才接過來。（88，2167）

Hongyu accepted them with a smile.

小紅催著賈芸道……（88，2167）

Hongyu urged him to leave

小紅滿臉羞紅，說道說道……（88，2168）

Blushing all over her face she answered

這裡小紅站在門口，怔怔的看他去遠了。（88，2168）

Hongyu stood at the gate watching till he was put of sight.

又見小紅進來回道……（88，2169）

Then Hongyu came and reported.

In the sentence, 'Then Hongyu came and reported' serves as the object of 'saw', and 'Hongyu' serves as the subject in the subject predicate phrase.

是我聽見小紅說的。（90，2196）

It was what I heard from Hongyu.

('Hongyu (said)' serves as the object of 'heard', and 'Hongyu'serves as the subject in the subject predicate phrase)

我們家的小紅頭裏是二叔叔那裡的。（92，2253）

Our maid Hongyu used to work for Uncle Bao.

便命小紅進去。（101，2497）

Told Xiaohong to go in.

('Xiaohong to go in' serves as object of 'told' in the subject predicate phrase, and 'Hongyu' is the subject in the subject predicate phrase.)

小紅答應著去了。（101，2497）

Xiaohong left them.

只見小紅、豐兒影影綽綽的來了。（101，2499）

The blurred figures of Fenger and Xiaohong approaching.

The subject prediate phrase 'The blurred figures of Fenger and Xiaohong approaching' serves as object of 'saw', and 'Xiaohong'and 'Fenger' serve as the appositive objects in the subject predicate phrase.

小紅過來攙扶。（101，2499）

Xiaohong took Xifeng's arm to help her forward.

我想著寶二爺屋裏的小紅跟了我去。（101，2510）

Then it occurred to me that since Hongyu had left Bayou's service for mine.

The subjet predicate phrase –'Hongyu had left Bayou's service for mine' serves as the object of '想 thought', and 'Hongyu' is the subject of the subject predicate phrase.

只見豐兒、小紅趕來說……（113，2772）

Fenger and Hongyu came running in.

(The subject predicate phrase –'Fenger and Hongyu came running in' serve as the object of 見 'Jian' (saw), and 'fenger' and 'Hongyu' serves as the appositive subject in the subject predicate phrase.)

只見小紅過來說……（113，2777）

……Hongyu darted in.

(The subject predicate phrase – 'Hongyu darted in' serves as the object of 'Jian' (saw), 'Hongyu' serves as the subject in the subject predicate phrase.)

豐兒、小紅因鳳姐去世，告假的告假，告病的告病。（117，2876）

After Xifeng's death, Fenger and Hongyu had asked leave on the pretext of illness.

（b）Two examples of serving as object:

賈芸連忙同著小紅往裏走。（88，2164）

He hurried towards the house with Hongyu.

(In the prepositional phrase of 'with Hongyu', 'Hongyu' serves as object in the prepositional phrase.)

賈芸接過來，打開包兒揀了兩件，悄悄的遞給小紅。（88，2167）

Jia Yun took the bundle from her and unwrapped it, then chose two pieces of embroidery to slip to her.

（c）Two examples of serving as predicative:

是小紅那裡聽來的。（89，2187）

She heard it from Hongyu.

('Heard it from Hongyu' is the object of 是 'shi' and 'Hongyu' serves as the predicative in the subject predicate phrase.)

叫他補入小紅的窩兒。（92，2254）

Was sending her to replace Hongyu.

（d）Three examples of serving as pivot:

立刻叫小紅斟上一杯開水。（111，2719）

Ordered Hongyu to give her a drink of warm water.

便叫小紅招呼著。（113，2772）

Handed her over to the charge of Hongyu.

鳳姐兒便叫小紅拿了東西，跟著賈芸送出來。（88，2167）

Xifeng told Hongyu, "Take those things and see Master Yun out."

（7）紅拂 HONG FU (the girl with the red whisk / the maid)

（a）充當主語：

It functions as object:

文君，紅拂是女中的……（91，2252）

Zhou Wenjun and the girl with the red whisk were known for their……

（8）掃紅 SAO HONG (Saohong / the maid)

（a）It serves as pivot:

帶了焙茗、掃紅、鋤藥三個小子出來。（93，2274）

Went off with Beiming, Saohong and Chuyao.

（9）紅漲 HONG ZHANG (blushed, red and swollen)

（a）充當謂語：

Functioning as predicate:

賈芹此時紅漲了臉。（93，2288）

Jia Qin blushed.

（10）紅赤 HONG CHI (hectically flushed)

（a）Functioning as predicate:

只見黛玉肝火上炎，兩顴紅赤。（97，2396）

She found her feverish, her cheeks hectically flushed.

（11）紅腫 HONG ZHONG (red and swollen)

（a）Functioning as predicate:

見王夫人、寶釵等哭的眼泡紅腫。（116，2844）

Baochai and the rest were red and swollen from weeping.

('Red and swollen' serves as the compliment of 'weeping' and 'red and swollen' functions as predicate in the subject predicate phrase.)

（12）紅塵 HONG CHEN (dusty world)

（a）One example of serving as predicative:

不想寶玉這樣一個人，紅塵中福分竟沒有一點兒！（120，2975）

Though, that a boy like Baoyu lost out on his share of good fortune in this dusty world.

('In this dusty world' functions as the predicative of 'share of good fortune')

（b）One example of functioning as object:

寶玉本來穎悟，又經點化，早把紅塵看破。（117，2868）

Baoyu had the intelligence after all he had experienced to have seen through the vanity of this dusty world (Hong Chen).

（13）怡紅院 YI HONG YUAN (Happy Red Court) Occurs 17 times.

（a）8 examples of serving as object：

只得回到怡紅院。（81，1982）

He returned to Happy Red Court.

因回到怡紅院來。（81，1992）

Went back to Happy Red Court.

卻說寶玉回到怡紅院中。（82，2002）

Bayou soon reached Happy Red Court.

回到怡紅院。（83，2031）

Went back to Happy Red Court.

只因柳五兒要進怡紅院。（92，2254）

Wuer was to have come to Happy Red Court.

便扶著紫鵑到怡紅院來。（94，2299）

Then took Zijuan's arm to go to Happy Red Court.

早已來到怡紅院。（97，2395）

She soon reached Happy Red Court.

不覺將怡紅院走過了。(108，2652)

Didn't notice passing Happy Red Court.

The prepositional phrase '將怡紅院 passing Happy Red Court' functions as adverbial and 'Happy Red Court' functions as the object of the preposition 將'jiang' in the prepositional phrase

（b）Nine examples of functioning as predicative

怡紅院中甚覺清淨閑暇。(82，2006)

Happy Red Court was so quiet.

(In the Chinese sentence, the positional phrase '怡紅院中(in) Happy Red Court'serves as subject and 'Happy Red Court' serves as the predicative in the positional phrase.)

將到怡紅院門口。(85，2083)

Approaching Happy Red Court.

然後回到怡紅院中。(87，2136)

Then returned to Happy Red Court.

沒精打彩的歸至怡紅院中。(87，2141)

Bayou went back to Happy Red Court feeling puzzled and depressed.

看見怡紅院中的人，無論上下。(89，2189)

Anyone from Happy Red Court，whether master or maid.

說著，回到怡紅院內。(92，2248)

While saying，back in Happy Red Court.

(In this example, the positional phrase 'in Happy Red Court' functions as object, and 'Happy Red Court'functions as predicative in the positional phrase.)

怡紅院裏的海棠本來萎了幾棵。(94，2298)

Some crab-apple trees in Happy Red Court had withered.

怡紅院裏的人嚇得個個像木雕泥塑一般。(94，2305)

All in inmates of Happy Red Court were petrified.

怡紅院裏的花樹，忽萎忽開。(95，2337)

And those treed in Happy Red Court have withered and blossomed suddenly.

（14）穿紅的 CHUAN HONG DE (in red)

（a）Functioning as subject :

穿紅的來叫我，穿綠的來趕我。（102，2529）

The one in red's calling！ The one in green's hurrying me！

（15）紅樓夢 HONG LOU MENG (A dream in the red chambers)

（a）Functioning as object:

賈雨村歸結紅樓夢。（120，2968）

Jia Yucun concludes the dream of Red Chambers.

（16）悼紅軒 DAO HONG XUAN (Mourning-the-Red Studio)

（a）One example of functioning as predicative:

到一個悼紅軒中（120，2989）

Go to Mourning-the-Red Studio.

('to Mourning-the-Red Studio' functions as object in the positional phrase and 'Mourning-the-Red Studio' functions as predicative in the positional phrase.)

（b）One example of functioning as object:

果然有個悼紅軒。（120，2989）

Sure enough he found Mourning-the Red Studio.

（17）怡紅主人 YI HONG ZHU REN (The Master of Happy Red Court)

（a）Functioning as subject:

怡紅主人焚付晴姐知之。（89，2180）

The Master of Happy Red Court burns incense to Sister Qingwen.

（18）紅口白舌 HONG LOU BAI SHE (red mouth white tongue)

（a）Functioning as adverbial:

豈有紅口白舌咒人死的呢！（98，2430）

I wouldn't say such a fearful thing if it wasn't.

（19）紅撲撲兒 HONG PU PU ER (Red)

（a）Serving as predicate:

臉上紅撲撲兒的一臉酒氣。（100，2482）

Red in the face and tipsy.

（20）青紅皂白 QING HONG ZAO BAI (the facts of the matter)

（a）Functioning as object:

既來了，該問個青紅皂白。（103，2546）

Since you came, you should have asked the facts of the matter.

（21）千紅萬紫 QIAN HONG WAN ZI (all flowers blossom)

（a）Functioning as subject:

所以千紅萬紫終讓梅花為魁。（110，2711）

Of all flowers, the plum blossom ranks first.

1.6　Lexical expansion

1.6.1　19 examples of using the monosyallabic word 'Hong' (Red) and
they can be concluded into 4 meanings:

（1）Two examples of red in color:

帳子的簷子是紅的，火光照著，自然紅是有的。（85，2081）

The valance of the canopy is red, so naturally when it catches the light the
curtain seems red too.

小紅滿臉羞紅，說道：「你去罷，……」（88，2168）

Blushing all over her face she answered, "Go now".

（2）14 examples of 'glow', 'flushing', 'blushing', 'blush', 'blushed',
'brimmed', 'red', 'redden'and 'reddened':

想到此際，臉紅心熱。（82，2006）

Flushing at this thought, her heart beat so fast.

那元妃看了職名，眼圈兒一紅，止不住流下淚來。（83，2039）

When YuanFei saw on the names, her heart ached (her eyes brimmed) and she could not hold back her tears.

剛說到這裡，臉一紅，微微的一笑。（85，2084）

She broke off, blushing and smiling.

賈芸把臉紅了道……（85，2087）

"What have I said wrong ?" Jia Yun reddened. "Wouldn't you ?"

說著，眼圈兒又紅了。（87，2133）

Her eyes brimmed with tears again.

妙玉聽了，忽然把臉一紅。（87，2138）

Miaoyu flushed up.

你沒有聽見人家常說的「從來處來」麼？這也值得把臉紅了。（87，2139）

"Have you never heard the saying 'I came from where I've been ?' Why blush like that as if she were a stranger ?"

寶蟾把臉紅著，並不答言。（91，2222）

Baochan (She) blushed but did not answer.

王夫人見賈政說著也有些眼圈兒紅。（96，2354）

Lady Wang saw that the rims of his eyes had reddened and knew how distressed he was.

薛蝌被他拿話一激，臉越紅了。（100，2483）

At this taunt, Xue Ke blushed even redder.

說著，自己的眼圈兒也紅了。（101，2507）

At this, Pinger's eyes brimmed with tears.

寶玉聽了，知是失言，臉上一紅，連忙的還要解說。（114，2805）

Aware of his gaffe Baoyu blushed, wanting to explain. To know how he justified himself.

說著，眼圈兒一紅，連忙把腰裏拴檳榔荷包的小絹子拉下來擦眼。（117，2874）

The rims of his eyes were red now and he dabbed at them with silk handkerchief attached to the sachet at this waist.

王夫人也眼圈兒紅了，說：「你快起來，……」（117，2874）

"Get up quickly!" She said, her own eyes reddening.

（3）Two examples of Red silk:

紅色絲綢。2 例：

還有兩匹紅送給寶二爺包裹這花。（94，2303）

Here are two rools of red silk too, a congratulatory gift for Master Bao to
drape over the trees.

喜娘披著紅扶著。（97，2403）

Maid with a red sash help her out.

（4）One example of red spot on the dice:

寶玉聽了，趕到李紈身旁看時，只見紅綠對開。（108，2649）

Bayou at once hurried over Li Wanto have a look and saw that half the
pips were red, half green.

1.6.2 There are 22 bisyallabic words formed from the morpheme 'Hong'
(Red). The distribution of the meanings of the words are as follow:

（1）通紅 TONG HONG (full red)

很紅。（81，1982）（104，2569）（120，2973）

Very red.

變得很紅。（91，2228）（96，2361）

Became very red.

（2）飛紅 FEI HONG (flushed, flushed furiously, blush scarlet)occurs 14
times. The chapters and pages it occurs are stated on page 9.

變成紅色。

Became red.

（3）紅的 HONG DE (red)

紅色。（85，2081）（87，2139）（119，2938）

Red.

紅色的光。（85，2080）

Red light.

（4）紅暈 HONG YUN (blushing furiously)

紅色圈紋。（109，2675）

Carved red.

紅色加重。（87，2139）（91，2225）（100，2483）

Blushed fearfully.

（5）鮮紅 XIAN HONG (crimson)

鮮豔的紅色。（110，2712）

Fresh red

變為鮮豔的紅色。（87，2142）

Red crimson.

（6）小紅 XIAO HONG (Xiaohong. Hongyu)

Xiaohong is the name given addition for Baoyu's maid.It occurs 29 times. The chapters and pages it occurs are stated on page 10, 11and 12 respectively.

（7）紅拂 HONG FU (the girl / maid with red whisker)

唐代傳奇《虯髯客傳》中楊素的婢女，因手執紅色拂塵而得名。（92，2252）

In Tang's legends, Heroic legend states the maid of Yang Shu, her name states that she holds a broom in hands.

（8）掃紅 SAO HONG (red sweep)

It is the name of one of Baoyu's servants.（93，2274）

（9）紅漲 HONG ZHANG (red rose)

Red rose.（93，2288）

（10）紅赤 HONG CHI (hectically flushed. Red)

Red.（97，2396）

（11）紅潮 HONG CHAO (red tide)

紅色如潮水湧現。（109，2668）

Red occurs as heavy tide or Such as the emergence of the red tide.

（12）紅腫 HONG ZHONG (red and swollen)

Red and swollen.（116，2844）

（13）紅塵 HONG CHEN (dusty world)

Society and world.（117，2868）（120，2975）

（14）怡紅院 YI HONG YUAN (happy red court)

A court bound with red flowers. It is a living place for Baoyu. This term occurs 17 times and the chapters and pages it occurs are stated on page 13 and 14.

（15）穿紅的 CHUAN HONG DE (in red)

People wearing red clothes.（102，2529）

（16）紅樓夢 HONG LOU MENG (a dream of red chambers)

It is the name of a song.It mourns the end of feudal society beautiful art and the state of the beauties' life.（120，2968）

（17）悼紅軒 DAO HONG XUAN (Mourning-the-Red Studio)

A studio for mourning the beauties, it is the reading room where Caoxueqin wrote A Dream of Red Chambers（120，2989）

（18）怡紅主人 YI HONG ZHU REN

Master of happy red court. It is the other name of Baoyu.（89，2180）

（19）紅口白舌 HONG KOU BAI SHE (red mouth white tounge)

Clear conversations.（98，2430）

（20）紅撲撲兒 HONG PU PU ER

reddish.（100，2482）

（21）青紅皂白 QING HONG ZAO BAI

The right or wrong of the whole story.（103，2546）

（22）千紅萬紫 QIAN HONG WAN ZHI

A variety of flowers.（110，2711）

1.6.3　There are 33 phrases formed from the word and the morpheme 'Hong' (Red).

The meanings of 'Hong' (Red) in the phrases are as follows:

（1）微紅 WEI HONG (light red)

　　Light red.（94，2302）

　　Slight redness.（100，2483）

（2）眼紅 YAN HONG (eyes glow)

　　Eyes redness.（107，2626）

（3）紅了臉 HONG LE LIAN (reddened, blushing, flushed, blushed furiously)

It occurs 11 times. The details are as follow:

（a）3 examples of being cheerful, bashful:

寶玉巴不得這一聲，好解釋前頭的話，忽又想到：「或是妙玉的機鋒。」轉紅了臉，答應不出來。（87，2139）

Baoyu had been waiting for her to address him so that he could make up for his earlier tactlessness. However, it occurred to him that she might be testing his understanding. He reddened and could not answer.

賈芸趕忙湊近一步問道：「姑娘替我回了沒有？」小紅紅了臉，說道：「我就是見二爺的事多。」（88，2164）

Jia Yun hastily stepped closer. "Did you give her my message, miss ?"he asked. Blushing she said, "You seem to have a lot of business, sir!"

五兒紅了臉，笑道：「你在那裡躺著，我怎麼坐呢？」（109，2670）

"How can I sit down with you lying there ?" she asked blushing.

（b）4 examples of being angry, sheepish:

寶玉紅了臉，啐了一口道：「呸！沒趣兒紅東西！還不快走呢。」（85，2087）

Baoyu flushed and spat. "Clear off, you oaf!"

寶妹妹急得紅了臉，說道：「你越發比先不尊重了！」（99，2459）

Then blushing scarlet, Baochai scolded, "You're getting more and more undignified!"

寶玉已經忘神，便把五兒的手一拉。五兒急得紅了臉，心裏亂跳。（109，2668）

Forgetting himself, Baoyu took her hand. Wuer blushed furiously, her heart beating fast.

惜春不等說完，便紅了臉說：「珍大奶奶撐得你，我就撐不得麼？」（109，2668）

Xichun ranging, she then blushed, said: "Jane was your great grandmother thrust，I thrust Why not ?"

（c）Only one example of regret, reprove oneself :

湘雲紅了臉，自悔失言。（82，2018）

Xiangyun, regretting her blunder, blushed at this.

（d）Three examples of behaving improperly and being embarrassed :

寶玉便笑著道：「只要你們能彈，我便愛聽，也不管『牛』不『牛』的了。」黛玉紅了臉一笑，紫鵑、雪雁也都笑了。（86，2120）

"So long as you can play, I'll be only too glad to listen," said Baoyu cheerfully. "I don't care if you think me an ox."Daiyu blushed and smiled while Zijuan and Xueyan laughed.

一句話戳了他嫂子的心，便紅了臉走開了。（111，2726）

This home-thrust made the sister-in-law blush.

賈政把眼一瞪道：「胡說！老太太的事，銀兩被賊偷去，就該罰奴才拿出來麼？」賈璉紅了臉，不敢言語。（112，2760）

"Rubbis!" replied Jia Zheng sternly. "The money for the old lady's funeral has been stolen, how can we punish our slaves by making them pay instead ?" Jia Lian flushed but dared not argue.

（4）紅著臉 HONG ZHE LIAN (flushed)

It occurs 4 times.

（a）Ashamed and embarrassed

薛姨媽料他知道，紅著臉說道：「這如今，我們家裏鬧得也不像個過日子的人家了，讓你們那邊聽見笑話。」（83，2043）

Aunt Xue flushed, aware that she must have overheard them. "Nowadays we have these disgraceful scenes - not like a respectable family," she said. "It must sound ridiculous to you over there."

（b）Happy and cheerful

黛玉紅著臉微笑道：「姨媽那裡又添了大嫂子，怎麼倒用寶姐姐看起家來？大約是他怕人多熱鬧，懶待來罷。我倒怪想他的。」（85，2091）

"But now she has a sister-in-law, aunty, surely you don't need Baochai to mind the house ? I suppose she doesn't like joining in noisy parties, but I do miss her so!" Daiyu said in cheerful tone.

（c）Misconduct and sheepishly

賈芸看見鳳姐執意不受，只得紅著臉道：「既這麼著，我再找得用的東西來孝敬嬸娘罷。」（88，2167）

Seeing her so adamant he reddened and said, "In that case, aunt, I'll look for something more acceptable to show my respect."

（d）Grateful

岫煙紅著臉笑謝道：「這樣說了，叫我不敢不收。」（90，2204）

Blushing, Xiuyan said gratefully, "Well then, I dare not refuse."

（5）面紅耳熱 MIAN HONG ER RE (blushed up to her ears)

頭臉耳朵發熱變紅。（109，2672）

She blushed up to her ears.

（6）眼腫腮紅 YAN ZHONG SAI HONG (red, swollen eyes and cheeks)

眼瞼浮腫，臉腮發紅。（119，2945）

Red, swollen eyes of the others.

'Hong' (Red) in the rest 27 phrases all have the meanng of red in color.

1.7 Semantic structure

From the above analyses, the word 'Hong' (Red) contains 6 meaning categories:

（1）紅色 (Red)

（a）Two examples where the monosyllabic word 'Hong' (Red) solely uses.

One example can be found on page 2081 of Chapter 85 and the other example can be found on page 2168 of chapter 88.

（b）There are 11 examples of morphological meaning 'Hong' (Red) for the polysyllabic words formed from the morpheme 'Hong' (Red) :

通紅 full red（81，1982）（104，2569）（120，2973），紅的(red)（85，2081）（87，2139）（119，2938）；紅暈 HONG YUN (blushing furiously)（109，2675），鮮紅 XIAN HONG (crimson) （110. 2712）；小紅 XIAO HONG (xiaohong. hongyu)，紅拂 HONG FU (the girl or maid with red whisker)；紅漲 HONG ZHANG (red rose)，紅赤 HONG CHI (hectically flushed red)，紅潮 HONG CHAO (red tide)，紅腫 HONG ZHONG (red, swollen)，紅撲撲兒 HONG PU PU ER (reddish，flushed).

（c）Out of the 33 phrases formed from the word 'Hong' (Red) or the morpheme'Hong' (Red) ，there are 27 examples that show the meaning of red.

（2）Red images

Red flowers:Happy Red Court, master of happy Red Court, a variety of red, purple flowers.

Red petals: SAO HONG (red sweep).

Red light: red（85，2080）.

People wearing red clothes: in red.

（3）Red movement and red gestures

（a）glow and redden:

通紅 full red（91，2228）（96，2361），飛紅 flushed，furiously，blush scarlet，鮮紅 crisom（87，2142）；微紅（100，2483），眼紅 red eyes，面紅耳熱 blushed to the ears，眼腫腮紅 eyes swollen cheek red

（b）redden:

紅暈 blushing furiously（87，2139）（91，2225）（100，2483）.

（c）happy，shy and bashful:

紅了臉 red faced（87，2139）（88，2164）（109，2670）．

（d）angry，shy and bashful：

紅了臉 red faced，flushed（85，2087）（99，2459）（109，2668）（109，2668）．

（e）regret and reprove oneself：

紅了臉 red faced，flushed（82，2018）．

（f）verbal improperly and behave badly and being embarrassed：

紅了臉 flushed（86，2120）（111，2726）（112，2760）、紅著臉 red faced（88，2167）．

（g）ashamed：

紅著臉 red faced，flushed（83，2043）．

（h）happy and cheerful：

紅著臉 red faced，flushed（85，2091）．

（i）grateful：

紅著臉 red faced，flushed（90，2204）．

（4）Beauties：

紅樓夢 A dream of red chambers；悼紅軒 Mourning-the-Red Studio．

（5）清楚分明 clear，distinct：

紅口白舌 red mouth white tongue；青紅皂白 the right or wrong of the whole story．

Society and world：

紅塵 dusty world．

（7）The semantic structure table for the word 'Hong' (Red)：

The first level	Red					
The second level	Red images			Red movements and gestures	Clear and distinct	Society and world
	Red flowers, red petals	Red light	People wearing red clothes	Glow, redden, increased red	Trouble	

The third level	Beauties	Happy, cheerful	Shamed, bashful	Angr, reprove oneself		
The fourth level		Grateful	Embar rassed	Ashamed		

1.8 Cultural connotations

We have analyzed the Cultural connotations in the research paper: *A Study on the Word 'Hong' (Red) in the first 80 Chapters of A Dream of Red Chambers*. The connotations are also consistent in the final 40 chapters, however, compared with the first 80 chapters, the word 'Hong' (Red) in the final 40 chapters emphasizes not only on luxury and born unluckFLy, but also it contains the following broader and different connotations.

1.8.1 Marriage romance

Traditionally, the Chinese wedding and funeral affairs are commonly considered as red and white events respectively. In chapter 85, Wang Xifeng comments on the cultural connotation of the word 'Hong' (Red):

寶玉在項上摘了下來，說：「這不是我那一塊玉，那裡就掉了呢。比起來，兩塊玉差遠著呢，那裡混得過？我正要告訴老太太，前兒晚上我睡的時候，把玉摘下來掛在帳子裏，他竟放起光來了，滿帳子都是紅的。」賈母說道：「又胡說了。帳子的簷子是紅的，火光照著，自然紅是有的。」寶玉道：「不是。那時候燈已滅了，屋裏都漆黑的了，還看得見他呢。」邢、王二夫人抿著嘴笑。鳳姐道：「這是喜信發動了。」寶玉道：「什麼喜信？」

Taking his jade from his neck he rejoined, "This not mine—how could I lose it ? They're quite different when you compare them. Impossible to confuse them. And there's something else I've been meaning to tell you, madam. The other night when I went to bed and hung my jade on the curtain，it started glowing, making the whole curtain red!"

"You're talking nonsense again," she said. "The valance of the canopy is red, so naturally when it catches the light the curtain seems red too."

"No, the light was out by then. The whole room was pitch dark，and yet I saw it clearly."

Lady Xing and Lady Wong exchanged meaning smiles.

"It's a lucky sign," Xifeng assured him.

"A lucky sign？What do you means？"

Wang Xifeng connects the glowing red jade with Bouyu's wedding ceremony. Hence, 'Hong' (Red) connotes the cultural meaning of marriage romance. In the text of Chapter 97, "presently a big sedan-chair entered the courtyard and the family musicians went out to meet the bride，while in filed twelve pairs of maids in two rows with palace lanterns-a novel and distinctive sight. The Master of the ceremonies invited the bride to alight from the chair，and Baoyu saw a maid with a red sash help her out-her face was veiled." The word 'Hong' (Red) implies the merry atmosphere of the wedding ceremony.

The word 'Hong' (Red) not only represents the wedding ceremony，but also implies the love between the genders. The examples are as follow:

（1）第八十五回：賈芸趕著說道：「叔叔樂不樂？叔叔的親事要再成了，不用說是兩層喜了。」寶玉紅了臉，啐了一口道：「呸！沒趣兒的東西！還不快走呢。」

In Chapter 85:

Jia Yun caught up with him, saying, "Are you pleased, uncle？Once your marriage is fixed, that'll be double happiness for you!" Baoyu **flushed** and spat. "Clear off, you off"

（2）第八十五回：鳳姐在地下站著笑道：「你兩個那裡像天天在一處的，倒像是客一般，有這些套話，可是人說的『相敬如賓』了。」說的大家一笑。黛玉**滿臉飛紅**，又不好說，又不好不說，遲了一會兒，才說道：「你懂得什麼！」

In Chapter 85:

Xifeng standing near them smiled. "You two are behaving like guests, not like inseparables," she teased. All these civilities! Well, as the saying goes, 'you show each other respect as to a guest." The other laughed wile Daiyu **blushed furiously**, not knowing whether to let this go or not.After some hestitation she blurted out: "What do you know about it ?"

'Flushed' and 'blushed furiously' from the above two examples show the natural outer-appearance of Bouyu's and Daiyu's true emotions. The world 'Hong' (Red) reveals both the inner world of the characters.It also serves as the artistic and literary mean to depitch the romance of the youth.

（3）第八十七回：寶玉道：「我頭裏就進來了，看著你們兩個爭這個『畸角兒』。」說著，一面與妙玉施禮，一面又笑問道：「妙公輕易不出禪關，今日何緣下凡一走？」妙玉聽了，忽然把臉一紅，也不答言，低了頭自看那棋。寶玉自覺造次，連忙陪笑道：「倒是出家人比不得我們在家的俗人，頭一件，心是靜的。靜則靈，靈則慧……」寶玉尚未說完，只見妙玉微微的把眼一抬，看了寶玉一眼，復又低下頭去，那臉上的顏色漸漸的紅暈起來。

In Chapter 87:

Baoyu burst out laughing, making the two girls start. "Why do such a thing ?" exclaimed Xichun. "Coming in without a word to startle us! How long have you been there ?" "Quite a while. I've been watching you fight for the corner." He greeted Miaoyu and said to her with a smile, "It's rarely that you leave your family abode. Why have you descended today to the mundane world ?" Miaoyu **flushed up** but said nothing, lowering her head to keep her eyes on the board.Conscious of his gaffe, Baoyu tried to cover it up. "You who have renounced the world are not like us vulgar world lings," he said with a conciliatory smile. "First of all, your hearts are at peace, so you are more spiritual and have quiet perception...." He was running on like this when Mioyu glanced up at him, then lowered her head again, **blushing furiously**.

Although Mioyu is a nun, her fancy is caught by Bouyu's fine external appearance. The use of the phrasal verbs:'flushed up'and 'blushing furiously' to describe Mioyu's internal agigated emotions. The two phrasal verbs signifies the true feelings of young girls and their love for each other.

1.8.2　Immorality

第九十三回：賈政看到李德揭下的一張紙上寫著：「西貝草斤年紀輕，水月庵裏管尼僧。一個男人多少女，窩娼聚賭是陶情。不肖弟子來辦事，榮國府內出新聞。」

In Chapter 93, the author describes Jia Zheng finding a sheet of paper on the gate Li de'house. The paper with the following words: "Jia qin, a young supervisor, to Water Moon Convent came. One male among so many females, he is free to drink, whore and game. This worthless young master set in charge, is giving the Rong Mansion a bad name".

Through analyzing the conversations and the facial expressions of the above characters, 'Hong' (Red) reveals the meaning of immorality.

第九十三回：賴大說：「這芹大爺本來鬧的不像了。奴才今兒到庵裏的時候，他們正在那裡喝酒呢。帖兒上的話是一定有的。」賈璉道：「芹兒你聽，賴大還賴你不成？」賈芹此時紅漲了臉，一句也不敢言語。

In Chapter 93:

"Master Qin has really behaved outrageously," said Lai Da. "When I went to the convent just now they were drinking! The charges in that lampoon must be true." "Hear that, Qin ?" said Jia Lian. "Lai Da wouldn't make that up, would he ?" Jia Qin **blushed** and dared not say a word.

The above text describes how Jingui and Baochan seduced Xueke and it is a typical example of the immoral connotation.

（1）第九十一回：薛蝌只得起來，開了門看時，卻是寶蟾，攏著頭髮，掩著懷，穿一件片錦邊琵琶襟小緊身，上面繫一條松花綠半新的汗巾，下面並未穿裙，正露著石榴紅灑花夾褲，一雙新繡紅鞋。……薛蝌見他這樣打扮，便走進來，心中又是一動，只得陪笑問道：「怎麼這樣早就起來了？」寶蟾把臉紅著，並不答言……

In Chapter 91:Xueke had to get up and open the door. He found it was Baochan again, her hair disheveled, her clothes loose. She had on a tight-fitting bodice with a gold border and rows of long buttons and loops in front, over which she had tied a none too new dark green sash.As she was not wearing a skirt, he could see her **pomegranate-red** trousers with floral designs ad her embroidered **red slippers**. She had evidently not yet made her toilet but come early to fetch the hamper to avoid being seen.Her appearance in such a costume dismayed Xue Ke. "You are up early," he faltered, forcing a smile. She **blushed** but did not answer.

'Pomegranate-red' and 'red slippers' are the key words to show the immoral and lascivious costume. The verb 'blushed' carries the secret and obscene message between Xueke and Baochan.

（２）第九十一回：寶蟾笑道：「奶奶別多心，我是跟奶奶的，還有兩個心麼？但是事情要密些，倘或聲張起來，不是頑的。」金桂也覺得臉飛紅了，因說道：「你這個丫頭，就不是個好貨！想來你心裏看上了，卻拿我作筏子，是不是呢？」寶蟾道：「只是奶奶那麼想罷咧，我倒是替奶奶難受。奶奶要真瞧二爺好，我倒有個主意。奶奶想，那個耗子不偷油呢，他也不過怕事情不密，大家鬧出亂子來不好看。依我想，奶奶且別性急，時常在他身上不周不備的去處，張羅張羅。他是個小叔子，又沒娶媳婦兒，奶奶就多盡點心兒，和他貼個好兒，別人也說不出什麼來。過幾天他感奶奶的情，他自然要謝候奶奶。那時奶奶再備點東西兒在咱們屋裏，我幫著奶奶灌醉了他，怕跑了他？他要不應，咱們索性鬧起來，就說他調戲奶奶。他害怕，他自然得順著咱們的手兒。他再不應，他也不是人，咱們也不至白丟了臉面。奶奶想怎麼樣？」金桂聽了這話，兩顴早已紅暈了……

In Chapter 91:

"Don't get me wrong, madam, " said Baochan with a smile." I'm your maid; how could I be disloyal to you ? But you must keep this secret. If word got out, it would be no joke."

"You dirty-minded creature!" Jingui **flushed**." I suppose you've taken a fancy to him, but want to use me as your go-between, is that it ?"

"Think whatever you want, madam, but I honestly feel for you. And if you really like him, I have a plan. Just think, what rat won't steal oil ? All he's afraid of is the trouble there'd be of the secret got out, making him lose face. Take my advice, madam, and don't be impatient but do him certain favors from time to time. He's Master Pan's younger cousin and not yet married. If you show more concern and are friendly with him, how can anyone find fault ? Before long, he'll naturally want to thank you. Then you can prepare some refreshments in our room, and when I've helped you to get him drunk, how can he run away. If he refuses, we'll make a scene and accuse him of trying to seduce you. Then of course, out of fright, he'll have to do as we want. If he still refuses, we can discredit him without spoiling our own reputation. What do you think of this, madam ?" Jinggui, **blushing crimson**....

（3）第一百回：一句話沒說完，金桂早接口道：「自然人家外人的酒比咱們自己家裏的酒是有趣兒的。」薛蝌被他拿話一激，臉越紅了，連忙走過來陪笑道：「嫂子說那裏的話。」寶蟾見他二人交談，便躲到屋裏去了。這金桂初時原要假意發作薛蝌兩句，無奈一見他兩頰微紅，雙眸帶澀，別有一種謹願可憐之意，早把自己那驕悍之氣感化到爪窪國去了，因笑說道：「這麼說，你的酒是硬強著才肯喝的呢。」薛蝌道：「我那裏喝得來。」金桂道：「不喝也好，強如像你哥哥喝出亂子來，明兒娶了你們奶奶兒，像我這樣守活寡受孤單呢！」說到這裏，兩個眼已經乜斜了，兩腮上也覺紅暈了。

In Chapter 100:

Jingui interposed, "Of course other people's wine tastes better than ours at home!"

At this taunt, Xue Ke **blushed even redder**. Stepping over quickly he countered with a smile, "How can you say such a thing, sister-in-law!"

Seeing them talking together, Baochan slipped inside.

Jingui had meant to make a show of annoyance, but now his flushed cheeks, sparkling eyes and appealing expression had melted her anger away.

"You mean you were forced to drink ?"she asked with a smile.

"Of course. I can't drink," he said.

"It's best not to drink—much better than landing in trouble through drinking like your cousin, so that when you take a wife she becomes a lonely grass widow like me, poor thing!" She shot him a sidelong glance, **blushing** as she spoke.

From the above texts, 'flushed' describes Jinggui's facial expression of guilt. The verb 'blush' occurs twice in the texts and it implies Jinggui's licentious conduct. Being seduced by Jinggui and Baochan, Xueke begins to misbehave and 'blush even redder' and with 'flushed cheeks'. Hence, the cultural connotation of immorality is vividly stated in the texts.

1.8.3　Evil and wicked

In the texts of the final forty Chapters of A Dream of Red Chamber，the word

'Hong' (Red) also reveals the evil and wicked cultural connatation. For examples:

（1）第八十一回：這裡的人就把他拿住。身邊一搜，搜出一個匣子，裏面有象牙刻的一男一女，不穿衣服，光著身子的兩個魔王，還有七根朱紅繡花針。立時送到錦衣府去，問出許多官員家大戶太太姑娘們的隱情事來。

In Chapter 81:

And they caught and searched her. They found on her a box with two carved ivory naked devils inside, one male and one female, besides seven **red** embroidery needles.

'Red embroidery needles' implies the witchcraft that harms people.

（2）第九十四回：只見平兒笑嘻嘻的迎上來說：「我們奶奶知道老太太在這裡賞花，自己不得來，叫奴才來伏侍老太太、太太們。還有兩匹紅送給寶二爺包裹這花，當作賀禮。」襲人過來接了，呈與賈母看。賈母笑道：「偏是鳳丫頭行出點事兒來，叫人看著又體面，又新鮮，很有趣兒。」襲人笑著向平兒道：「回去替寶二爺給二奶奶道謝。要有喜，大家喜。」賈母聽了笑道：「噯喲，我還忘了呢。鳳丫頭雖病著，還是他想得到，送得也巧。」一面說著，眾人就隨著去了。平兒私與襲人道：「奶奶說，這花開得奇怪，叫你鉸塊紅綢子掛掛，便應在喜事上去了。以後也不必只管當作奇事混說。」

In Chapter 94:

On their way back Pinger accosted them. "Our mistress heard that the old lady was enjoying the flowers here," she said with a smile. "As she couldn't come herself, she's sent me to help wait and serve Your ladyships. Here are two rolls of **red silk** too, a gratulatory gift for Master Bao to drape over the trees." Xiren took the silk and showed it to the old lady, who commented laughingly, "Whatever Xifeng does is in good form, besides being original and great fun!" Xiren told Pinger, "When you go back please thank Madam Lian for Master Bao. If we're to have good fortune, we'll all share it." "Aha!" chuckled the old lady. "I forgot that. Though Xifeng is unwell she's still so thoughtful. This was just the present to give." She went on then and the others followed her, while Pinger confided to Xiren, "Our mistress says this blossoming now is odd; so she wants cut strips of that **red silk** and hang them over the trees to bring good luck. And don't let anyone spread foolish talk about this being a miracle."

'Red silk' is used to conceal the monstrous, abnormal conditions when the flowers refuse to bloom in their rightful season.

（3）第一百二回：只聞尤氏嘴裏亂說：「穿紅的來叫我，穿綠的來趕我。」地下這些人又怕又好笑。賈珍便命人買些紙錢，送到園裏燒化。

In chapter 102:

'The one in **red's** calling me! The one in green's hurrying me!" Madam You was raving.All present were both frighted and amused. Jia Zhen sent to buy paper money to burn in the Garden.

In the text, 'The one in red' represents the demon that Madam You sees when she is in unconscious state.Thus, 'The one in red'apparently implies the supernatural connotation.

（4）第一百二回：

外面的人因那媳婦子不妥當，便都說妖怪爬過牆吸了精去死的。於是老太太著急的了不得，另派了好些人將寶玉的住房圍住，巡邏打更。這些小丫頭們還說，有的看見紅臉的，有的看見很俊的女人的，吵嚷不休，唬得寶玉天天害怕。

In chapter 102:

Outsiders, knowing her bad reputation, claimed that a monster had climbed over the wall to enjoy her until she died of exhaustion.

The old lady, scandalized by this talk, posted guards outside Baoyu's house who sounded the watch as they patrolled in turn. And these young maids alleged that they had seen a **red** faced figure as well as a ravishing beauty, raising such a ceaseless commotion that Baoyu went in terror every day.

（5）第一百二回：

內中有個年輕的家人，心內已經害怕，只聽呼的一聲，回過頭來，只見五色燦爛的一件東西跳過去了，唬得噯約一聲，腿子發軟，便躺倒了。賈赦回身查問，那小子喘噓噓的回道：「親眼看見一個黃臉紅鬚綠衣青裳一個妖怪，走到樹林子後頭山窟窿裏去了。」

In chapter 102:

One young servant, already afraid, heard a whizzing noise and looked round to see a gaudy creature fly past. With a cry of terror, his legs gave way and he fell down.

Jia She turned to ask what had happened.

"I saw a monster!" gasped the boy. "yellow in the face with a **red** beard, dressed in green. It flew into a cave behind the trees."

'red faced figure' and 'red beard' are the characteristics of the creature that the young servant and maids see, they reveal the certain monstrous-liked colours in people's subconsciousness.

1.8.4 Misfortune and disaster

The word 'Hong' (Red) also implicitly links to disease, death, accidental blow and other disastrous situations. For examples:

（1）第八十三回：

那王大夫便向紫鵑道：「這病時常應得頭暈，減飲食，多夢；每到五更，必醒過幾次；即日間聽見不干自己的事，也必要動氣，且多疑多懼。不知者疑為性情乖誕，其實因肝陰虧損，心氣衰耗，都是這個病在那裡作怪。不知是否？」紫鵑點點頭兒，向賈璉道：「說的很是。」王太醫道：「既這樣，就是了。」說畢，起身同賈璉往外書房去開方子。小廝們早已預備下一張梅紅單帖。

In chapter 83:

Doctor Wang felt the pulse for some time, then that of the other wrist, after which he and Jia Lian withdrew to take seats in the outer room. "All six pulses are tense,"he announced, "due to bottled up emotion." At this point Zijuan came out too and stood in the doorway, and doctor Wang, addressing her, continued: "I would expect this illness to give rise to constant dizzy spells, loss of appetite as well as frequent dreams; and no doubt she wakes several times in the night. She must be hypersensitive, taking offence at remarks which don't even concern her. People not knowing the truth may think her cross-grained, when in fact it's all due this illness which has upset her liver and weakened her heart. Am I right ?"

Zijuan nodded and said to Jia Lian, "The gentleman is absolutely right."

"So that's how it is," said the doctor.He got up and went with Jia Lian to study to write out a prescription. The pages there had already prepared a sheet of **pink** stationery.

（2）第八十四回：

賈母便問：「巧姐兒到底怎麼樣？」鳳姐兒道：「只怕是搐風的來頭。」賈母道：「這麼著還不請人趕著瞧？」鳳姐道：「已經請去了。」賈母因同邢、王二夫人進房來看。只見奶子抱著，用**桃紅**綾子小綿被兒裹著，臉皮趣青，眉梢鼻翅微有動意。

In chapter 84:

"How is Qiaojie ?" asked the old lady.

"We're afraid it's epilepsy," was the reply.

"In that case why don't you send for a doctor at once ?"

"We already have, madam."

Their Ladyships went into the inner room where the nurse was holding the child wrapped up in a **peach-red** silk-padded quilt. Her face was deathly pale, her forehead contorted and her nose feebly twitching.

（3）第八十四回：

這裡煎了藥，給巧姐兒灌了下去，只見喀的一聲，連藥帶痰都吐出來，鳳姐才略放了一點兒心。只見王夫人那邊的小丫頭，拿著一點兒的小紅紙包兒，說道：「二奶奶，牛黃有了。太太說了，叫二奶奶親自把分兩對準了呢。」

In chapter 84:

When the medicine was ready they forced it down Qiaojie's throat and, gagging, she brought it up with some phlegm, much to her mother's relief. And now one of Lady Wang's young maids came in with a small **red** package. "Here's the bezoar, madam," she said. "Her Ladyship wants you to weigh it yourself to make sure the amount is correct."

Originally, a sheet of pink stationery, a peach-red silk-padded quilt and a small red package are the three things that are supposed to bring good luck. But, they become misfortune, illness and disaster in the above text.

（4）第八十七回：

一回兒，又有盜賊劫他，持刀執棍的逼勒，只得哭喊求救。早驚醒了庵中女尼道婆等眾，都拿火來照看。只見妙玉兩手撒開，口中流沫。急叫醒時，只見眼

睛直豎，兩顴鮮紅，罵道：「我是有菩薩保佑，你們這些強徒敢要怎麼樣！」

In Chapter 87:

Then brigands kidnapped her and threatened her with swords and clubs, so that she screamed for help. This aroused the novices and deaconess, who came with torches to see what was the matter. Finding Miaoyu with outflung arms, frothing at the mouth, they hastily woke her up.Her eyes staring, **crimson in the face**, she shouted, "How dare you thugs attack one under Buddha's protection!"

（5）第九十一回：

到了明日，湯水都喫不下，鶯兒去回薛姨媽。薛姨媽急來看時，只見寶釵滿面通紅，身如燔灼，話都不說。薛姨媽慌了手腳，便哭得死去活來。

In chapter 91:

The anxiety on top of her night-long exertions brought on a fever, she was unable to eat or even drink water.Yinger hastily reported this to her mother.Hurrying to Baochai's side, Aunt Xue found her **fearfully flushed** burning with fever and able to speak. She lost her head then and wept till she nearly fainted away.

'crimson in the face' and 'fearfully flushed' are the symptoms indicates having fever. They are physical reaction when suffering fever. Hence, the word 'Hong' (Red) contains the meaning of serious illness and disaster.

（6）第一百十回：

賈母又瞧了一瞧寶釵，歎了口氣，只見臉上發紅。賈政知是迴光返照，即忙進上參湯。賈母的牙關已經緊了。

In chapter 110：

Next, the old lady looked at Baochai and sighed. Her face was **flushed** now, a sign as Jia Zheng knew that the end was near. He offered her some ginseng broth,but already her jaws were locked and her eyes closed.

（7）第一百十回：

鳳姐聽了這話，一口氣撞上來，往下一咽，眼淚直流，只覺得眼前一黑，嗓子裏一甜，便噴出鮮紅的血來，身子站不住，就蹲倒在地。

In chapter 110:

At this, Xifeng thought she would burst with anger. She held back herrage, but tears welled up in her eyes, everything turned dark and she tasted something sweet. Then **red** blood spurted from her mouth, her knee buckled and she collapsed.

（8）第一百十三回：

趙姨娘雙膝跪在地下，說一回，哭一回。有時爬在地下叫饒說：「打殺我了！紅鬍子的老爺，我再不敢了。」有一時雙手合著，也是叫疼。眼睛突出，嘴裏鮮血直流，頭髮披散。人人害怕，不敢近前。

In chapter 113:

She insisted on kneeling, raving and weeping by turns. Then, groveling, she begged for mercy.

"You're beating me to death, **Master Red Beard**!" she cried. "I shall never dare do such a thing again!"

Presently, wringing her hands, she shrieked with pain, her eyes nearly starting from her head, red blood trickling from her mouth, her hair disheveled. The attendants were afraid to go near her.

The above-mentioned example 6, 7 and 8 relate to the life and death. The example 8 also refers to a bewitching situation.

'flushed', 'red blood'and' Master Red Beard'imply the cultural meaning of suffering serious disaster and great misfortune.

2. Research Methodology

With reference to Feng Qiyong's *A Collection of Eight Schools of Criticism on Hong Lou Meng* （《八家評批紅樓夢》）, we make a thorough study of the text. We conclude our own findings partly based on the past and present scholars' academic achievememt.

The morphological fomation, structural approach, collocation productivity, syntatic functions, lexical expansion, semantic structure and cultural connotation can be ascertained through investigating the word 'Hong' (Red) in the text of *A Dream of Red Chambers*. Thus, this reseach paper deals in depth of the interpretation of the word 'Hong' (Red) .The findings are clearly shown in the following tables.

All the technical task is carried out via statistical approach and the calculation of the computer.

3. Conclusion and Discussion

3.1 Frequency of occurences and number of chapter

Occurence frequency	Chapter that the word 'Hong' (Red) occurs	Number of chapter
0	105	1
1	99，103，104，106，107，112，114，115，118	9
2	86，93，95，96，111，119	6
3	84，97，98，102，110，116	6
4	81，83，89，90，100，108，113	7
5	82	1
6	91，92，94，117	4
7	120	1
8	101，109	2
10	85，87	2
20	88	1

From the above table, the word 'Hong' (Red) occurss 20 times in chapter 88, the highest occurrence frequencyamong the final forty chapters.The word 'Hong'(Red)doen't occur in chapter 105, thus, the occurence frequency is nil. Our study reveals that out of the final forty chapters, the word 'Hong' (Red) occurs in 9chapters which isthe highest number of chapter. The occurrence frequency0, 5, 7, 20 of chapter 105, 82, 120 and 82 respectivelyshows that the four chapters has the lowest number of chapter.

3.2 Morphological formation:

	Bisyllabic word	Trisyllabic word	Tetrasyllabic word	number of word
Noun	dusty world, shaohong, red, Xiaohong, HONG FU (the girl and maid with red whisker)	mournng-the-red-studio, a dream of red mansions, happy red court, in red	the right or wrong of the matter, Master of the Happy Red Court, a variety of red and purple flowers	12

Verb	red rose, flushed, red tide			3
Adjective	hectically flushed, red swollen		red mouth white tongue, red	4
words with two parts of speech	Crimson (noun,verb) , flushed furiously (noun,verb) , full red (verb,adjective)			3
Number of word	13	4	5	

There are 13 bisyllabic words formed from the word 'Hong' (Red) which represent 59.1% of the total number of word. While，4 trisyllabic words formed from the word 'Hong' (Red) is 18.2%.5 tetrasyllabic word formed from the word 'Hong' (Red) is 22.7%. 12 nouns formed from the word 'Hong' (Red) and they represent 54.5%. 5 verbs formed from the word 'Hong' (Red) and they represent 13.6% of the total number of word. 4 adjectives are formed from the word 'Hong' (Red) and their percentage is 18.2% of the total number of words.　4 words with two parts of speech formed from the word 'Hong' (Red) and their percentage constitutes 13.6%.

3.3　Structural pattern

Structural pattern	Number of bisyllabic word	Number of trisyllabic word	Number of tetrasyllabic word	Tally
Subject predicate type	3			3
Modifier type	6	3	1	10
Predicate object type	2			2
Joint type	2		3	5
embedded type	1	1	1	3

紅暈「HONG YUN」(blushing furiously) has two structural approaches, which add up 23 words. From the above table, modifier type constitutes 43.5% and it is the highest of the structural patterns. Meanwhile，the percentage for predicate object type of 9%, is the lowest in the groupings.

文字聲韻訓詁研究
A Study on the Word "Hong" (Red)
in the final 40 Chapters of A *Dream of Red Chambers*

3.4　Collocation productivity

Collocating type	Number of bisyllabic phrase	Number of trisyllabic phrase	Number of trisyllabic phrase	Number of tetrasyllabic phrase	Tally
Subject verb phrase (Svphrase)	1				1
Set phrase	9	4	7	7	27
Predicate phrase	1				1
Verbal phrase	1	2			3
Coordinate phrase			2		2

As 微紅 "Weihong" (flushed, light red) has two structural types, thus it add up the total number of the phrase to 34. Of all the phrasal patterns, set phrase represents 80%, the highest percentage. The percentage of both the subject verb phrase and predicate phrase is 3%, the lowest percentage.

3.5　Syntactic functions

Syntactic component	Monosyallabic words	Bisyllabic words	Trisyllabic word	Tetrasyllabic word	合計次數 Total case
Subject	2	23	1	2	28
Predicate	14	21			35
Object	1	9	10	1	21
Predicative		4	10		14
Adverbial				1	1
Compliment	1	3			4
Pivot	1	4			5

Out of 108 cases, there 35 cases of serving as predicate for monosyllabic word 'Hong' (Red) and polysyllabic words formed from the morpheme 'Hong' (Red).It is the highest case number and constitutes 32.4% of the 108 cases. While, the case of serving as adverb for monosyllabic word 'Hong' (Red) and polysyllabic words formed from the morpheme 'Hong' (Red) is only once.It represents 0.9% of the total cases.

3.6　The range of the meaning:

Table 1

The implied meanings of the monosyllabic word 'Hong' (Red)	Occurrence usage	Percentage
Red	2	10.5%
Red silk	2	10.5%
The red spot on the dice	1	5.3%
Glow / flushed, redden	14	73.7%

In order to ease the workload of the calculation, for the polysyllabic words with two implied meanings, each implied meaning will be considered as 0.5 word for the polysyallabic words.

Table II

The implied meaning of the polysyllabic word	Polysyllabic words related to the implied meaning	The number of the polysyllabic word	Percentage
Red	full red, red, crimson, hectically red, red	3.5	16%
Red things / objects	red, flushed furiously	1	4.5%
Glow, redden, red overspread	flushed, full red, red rose, flushed furiously, crimson, red tide, red swllen	5.5	25%
Persons	Shaohong, Xiaohong, Hong Fu (the girl and maid with red whisker) , person wearing red clothes, Master of Happy Red Court	5	22.7%
Places	Mourning-the-red Studio, Happy Red Court	2	9.1%
Things / objects	A dream of red mansions, a variety of red and purple flowers	2	9.1%
World	dusty world	1	4.5%
	red mouth white tounge, the right and wrong of the matter	2	9.1%

文字聲韻訓詁研究
A Study on the Word "Hong" (Red)
in the final 40 Chapters of A *Dream of Red Chambers*

Table III

The implied meanings of the phrasal 'Hong' (Red)	Occurence Usage	Percentage
Red	28	60%
Glow, redden	4	8.5%
Cheerful, bashful	3	6.4%
Angry, sheepish	4	8.5%
Regret, reprove oneself	1	2%
Misconduct and sheepishly	4	8.5%
Ashamed	1	2%
Cheerful	1	2%
Gratitude	1	2%

3.7 Semantic structure

The six meanings:'red', 'red images', 'red movement', 'beuties', 'well-defined or clean cut' and 'the world' construct the 4 levels of the semantic structure.

3.8 Cultural connotation

Through analyzing the text, four cultural connotations can be summarized for the word 'Hong' (Red) . They are marriage romance, immorality, evil and wicked, misfortune and disaster respectively.

References:

Cao Xue Qin and Gao E. Translated by Yang Xian Yi and Dai Nai Die.*A Dream of Red Chambers*. Beijing: Foreign Language Press. 2003.

Chen Wei Zhao.Redology and the 20th Century Academic Thought. Beijing: People's Literature Publishing House. 2003.

Feng Qi Yong ed. A Collection of Eight Schools of Criticism on Hong Lou Meng. Beijing: Arts and Culture Press. 1991.

Lee Guo Zheng and YapYing Guang. A Study on the Word 'Hong'(Red)in the first 80 Chapter of 'A Dream of Red Chambers. Montreal, Canada: "Cross-Cultural Communication", Volume 4, Number 2.30 June 2008.

Liu Shi De: The Study of the versions of A Dream of Red Chambers. Shanghai: East China Normal University Press. 2003.

Luo De Zhan.The Literary Value of A Dream of Red Chambers. Taipei: Dong Da Book Co.1998.

Annotated by Wang Shi Chao.Edited by Li Yong Tian.The Appreciation of the Poetry of A Dream of Red Chambers.Beijing: Beijing Pubishing House. 2004.

Yu Ping Bo ed.Commentaries of A Dream of Red Chambers by Zhi Yan Zhai. Beijing: Zhong Hua Book Company.1960.

Zhou Zhong Ming.*The Artistic Language of A Dream of Red Chambers.* Nanning: Guang Xi People's Publishing House. 2007.

Originally from Canada, Studies in Literature and Language (Volume 2, Number 3, 30 June 2011)

《紅樓夢》後四十回「紅」字研究

摘　要

　　本文研究依據的文本，是馮其庸纂校訂定的《八家評批紅樓夢》（北京：文化藝術出版社，1991 年 9 月版）。本文對《紅樓夢》後四十回「紅」字的研究，包括如下方面：

　　（A）出現頻率：「紅」字在後四十回的回目和正文中共出現 159 次。有 1 個回目為 0 次，頻率最低；有 1 個回目為 20 次，頻率最高。出現頻率為 0、5、7、20 次的都只有 1 個回目，回目數最少；出現頻率為 1 次的有 9 個回目，回目數最多。

　　（B）構詞能力：以「紅」為語素構成的詞有 22 個：雙音節詞 13 個，三音節詞 4 個，四音節詞 5 個。

　　（C）結構方式：雙音節詞有主謂、偏正、述賓、聯合、附加 5 種；三音節詞有偏正、附加 2 種；四音節詞有偏正、聯合、附加 3 種。

　　（D）組合能力：「紅」作為詞或以「紅」作為語素的詞所組合的短語有 33 個。短語的音節組合類型有 7 種。短語的語法結構類型有 5 種。

　　（E）句法功能：「紅」作為單音詞獨立運用的語句共 19 例，單獨充當 5 種句子成分。以「紅」為語素構成的複音詞句法功能各詞不一。

　　（F）詞義分布：單音詞「紅」有 4 個義項。以「紅」為語素構成的複音詞中單義詞 18 個，有兩個義項的詞 4 個。「紅」作為詞或以「紅」作為語素的詞共組合成 33 個

短語,「紅」在 3 個短語中具有多義特徵,其餘都是單義。

（G）語義結構:「紅」作為單音詞以及由「紅」構成的複音詞和短語共有六個義類,分為四個層次。

（H）文化內涵:根據文本確定「紅」有四種文化內涵。

關鍵詞:紅樓夢;後四十回;「紅」字;義類;文化內涵

一、介紹與研究

本文研究依據的文本,是馮其庸先生纂校訂定的《八家評批紅樓夢》(北京:文化藝術出版社,1991 年 9 月版)。《〈紅樓夢〉前八十回「紅」字研究》已在加拿大 Cross-Cultural Communication（Volume 4, Number 2, 30 June 2008）公開發表,後四十回也同前八十回一樣在如下八個方面開展研究。

（一）出現頻率

「紅」字在後四十回的回目和正文中共出現 159 次,具體分布如下:

回 目	所 在 頁 碼	次 數
81	1982、1988、1992	4
82	2002、2003、2006、2016	5
83	2031、2033、2039、2043	4
84	2058、2063、2065	3
85	2080、2081、2083、2084、2087、2088、2091	10
86	2115、2120	2
87	2132、2133、2136、2138、2139、2141、2142	10
88	2163、2164、2167、2168、2169	20
89	2180、2187、2189	4
90	2196、2203、2204	4
91	2221、2222、2224、2225、2228	6
92	2248、2252、2253、2254、2259、	6
93	2274、2288	2
94	2298、2299、2302、2303、2305	6
95	2337、2339、	2
96	2354、2361	2
97	2395、2396、2403	3
98	2430、2431、2439、	3

99	2459	1
100	2482、2483	4
101	2497、2499、2507、2509、2510、2512	8
102	2529、2530	3
103	2546	1
104	2569	1
105		0
106	2606	1
107	2626	1
108	2642、2649、2652	4
109	2666、2667、2668、2670、2672、2675	8
110	2697、2711、2712	3
111	2719、2726	2
112	2760	1
113	2769、2772、2777	4
114	2805	1
115	2813	1
116	2839、2844、2850	3
117	2868、2874、2876、2880、2881	6
118	2917	1
119	2938、2945	2
120	2968、2970、2973、2975、2981、2989	7

由上表可見，第 105 回的出現次數為 0 最低，第 88 回出現次數為 20 最高。

（二）構詞能力

以「紅」為語素構成的詞有 22 個。詞後面括號裏所標的第一個數字，是該詞在書中出現的次數，其餘的數字是出現的頁碼。

（1）雙音節詞 13 個：

通紅（5，1982、2228、2361、2569、2973）

飛紅（14，2058、2088、2164、2167、2224、2439、2509、2512、2642、2649、2666、2672、2850、2917）

紅的（4，2080、2081、2139、2938）

紅暈（3，2139、2225、2483）

鮮紅（2，2142、2712）

小紅（29，2163、2164、2167、2168、2169、2187、2196、2253、2254、

2497、2499、2510、2719、2772、2777、2876）

紅拂（1，2252）

掃紅（1，2274）

紅漲（1，2288）

紅赤（1，2396）

紅潮（1，2668）

紅腫（1，2844）

紅塵（2，2868、2975）

（2）三音節詞 4 個：

怡紅院（17，1982、1992、2002、2006、2031、2083、2136、2141、

2189、2248、2254、2298、2299、2305、2337、2395、2652）

穿紅的（1，2529）

紅樓夢（1，2968）

悼紅軒（2，2989）

（3）四音節詞 5 個：

怡紅主人（1，2180）

紅口白舌（1，2430）

紅撲撲兒（1，2482）

青紅皂白（1，2546）

千紅萬紫（1，2711）

（三）結構方式

1. 雙音節詞的結構方式

（1）主謂式 3 個：

　　紅漲、紅暈 A、紅潮。

（2）偏正式 6 個：

　　紅塵、通紅、小紅、紅拂、紅暈 B、鮮紅。

（3）述賓式 2 個：

　　掃紅、飛紅。

（4）聯合式 2 個：

　　紅赤、紅腫。

（5）附加式 1 個：

　　紅的。

構成「紅暈」一詞的詞素「暈」具有兩種不同意義，相對應的結構方式也有兩種，分別後加 A、B 表示。

2. 三音節詞的結構方式

三音節詞的結構方式有兩個層次，本文按第一結構層次分列，詞後的括號內標明第二結構層次關係。

（1）偏正式 3 個：

　　悼紅軒（述補）、紅樓夢（偏正）、怡紅院（述補）。

（2）附加式 1 個：

　　穿紅的（述賓）。

3. 四音節詞的結構方式

四音節詞的結構方式也有兩個層次，詞後的括號內按語素先後依次標明第二結構層次關係。

（1）偏正式 1 個：

　　怡紅主人（述補，偏正）。

（2）聯合式 3 個：

　　青紅皂白（聯合，聯合）、紅口白舌（偏正，偏正）、千紅萬紫（偏正，偏正）。

（3）附加式 1 個：

　　紅撲撲兒（附加，重疊）。

（四）組合能力

1. 短語的音節組合類型

「紅」作為詞或以「紅」作為語素的詞組合的短語有 33 個。短語後面括號裏所標的第一個數字，是該短語在書中出現的次數，其餘的數字是出現的頁碼。

（1）雙音節短語 11 個：

紅日（1，2003）

紅杏（1，2132）

紅鞋（1，2221）

微紅（2，2302、2483）

紅燈（1，2431）

紅臉（1，2530）

紅鬚（1，2530）

眼紅（1，2626）

發紅（1，2697）

紅色（1，2839）

紅門（2，2880，2881）

（2）三音節短語 6 個：

紅了臉（11，2016、2087、2120、2139、2164、2459、2668、2670、
2726、2760、2813）

紅著臉（4，2043、2091、2167、2204）

紅單帖（1，2080）

粉紅箋（1，2180）

紅綢子（1，2303）

紅鬍子（1，2769）

（3）四音節短語 9 個：

梅紅單帖（1，2033）

紅紙包兒（1，2065）

紅汗巾子（1，2115）

紅小襖兒（1，2203）

大紅洋縐（1，2203）

大紅縐綢（1，2259）

面紅耳熱（1，2672）

眼腫腮紅（1，2945）

猩紅汗巾（1，2981）

（4）五音節短語 3 個：

朱紅繡花針（1，1988）

紅綢子包兒（1，2339）

大紅猩猩氈（1，2970）

（5）六音節短語 1 個：

大紅短氈拜墊（1，2606）

（6）七音節短語 2 個：

石榴紅灑花夾褲（1，2221）

桃紅綾子小襖兒（1，2667）

（7）八音節短語 1 個：

桃紅綾子小綿被兒（1，2063）

2. 短語的語法結構類型

「紅」作為詞或以「紅」作為語素的詞所組合的短語語法結構類型有 5 種。其中「微紅」由於具有兩種意義而相應具有兩種不同語法結構，分別後附 A、B 表示。括號內標明短語第二層結構關係。

（1）定中短語 27 個：

紅日、紅鞋、紅杏、紅色、紅臉、紅鬚、紅門、紅燈、微紅 A、紅單帖（偏正）、粉紅箋（偏正）、紅綢子（附加）、紅鬍子（附加）、梅紅單帖（偏正，偏正）、紅紙包兒（偏正、附加）、紅汗巾子（附加）、紅小襖兒（附加）、大紅洋縐（偏正，偏正）、大紅綹綢（偏正，偏正）、猩紅汗巾（偏正，偏正）、朱紅繡花針（偏正，偏正）、紅綢子包兒（偏正、附加）、大紅猩猩氈（偏正，偏正）、大紅短氈拜墊（偏正，偏正）、石榴紅灑花夾褲（偏正，偏正）、桃紅綾子小襖兒（偏正、附加）、桃紅綾子小綿被兒（偏正、附加）。

（2）狀中短語 1 個：

微紅 B。

（3）主謂短語 1 個：

眼紅。

（4）述賓短語 3 個：

發紅、紅了臉、紅著臉。

（5）聯合短語 2 個：

面紅耳熱（主謂、主謂）、眼腫腮紅（主謂、主謂）。

（五）句法功能

1.「紅」作為單音詞獨立運用的語句共 19 例，單獨充當 5 種句子成分。

所列語句後面的括號裏，逗號前所標的數字是該語句在書中出現的回目，逗號後的數字是該語句在書中出現的頁碼。

（1）充當主語 2 例：

帳子的簷子是紅的，火光照著，自然紅是有的。（85，2081）

寶玉聽了，趕到李紈身旁看時，只見紅綠對開。（108，2649）

「紅綠對開」是「見」的賓語，在短語「紅綠對開」中，「紅」與「綠」並列充當主語。可見此例的「紅」不是直接充當句子成分。

（2）充當謂語 14 例：

想到此際，臉紅心熱。（82，2006）

那元妃看了職名，眼圈兒一紅，止不住流下淚來。（83，2039）

剛說到這裡，臉一紅，微微的一笑。（85，2084）

賈芸把臉紅了道：「這有什麼的，我看你老人家就不……」（85，2087）

說著，眼圈兒又紅了。（87，2133）

妙玉聽了，忽然把臉一紅。（87，2138）

你沒有聽見人家常說的「從來處來」麼？這也值得把臉紅了。（87，2139）

寶蟾把臉紅著，並不答言。（91，2222）

王夫人見賈政說著也有些眼圈兒紅。（96，2354）

薛蝌被他拿話一激，臉越紅了。（100，2483）

說著，自己的眼圈兒也紅了。（101，2507）

寶玉聽了，知是失言，臉上一紅，連忙的還要解說。（114，2805）

說著，眼圈兒一紅，連忙把腰裏拴檳榔荷包的小絹子拉下來擦眼。（117，2874）

王夫人也眼圈兒紅了，說：「你快起來，……」（117，2874）

（3）充當賓語 1 例：

喜娘披著紅扶著。（97，2403）

（4）充當補語 1 例：

小紅滿臉羞紅，說道：「你去罷，……」（88，2168）

（5）充當兼語 1 例：

還有兩匹紅送給寶二爺包裹這花。（94，2303）

2. 以「紅」為語素構成的複音詞有 22 個，下文逐詞考察其句法功能。

通紅

（1）充當謂語 2 例：

只見寶釵滿面通紅，身如燔灼。（91，2228）

已見鳳姐哭的兩眼通紅。（96，2361）

「兩眼通紅」是「哭」的補語，在短語「兩眼通紅」中，「通紅」充當謂語。

（2）充當補語 3 例：

黛玉的兩個眼圈兒已經哭的通紅了。（81，1982）

賈珍等臉漲通紅的，也只答應個「是」字。（104，2569）

倒把香菱急得臉脹通紅。（120，2973）

「臉脹通紅」是「急」的補語，在短語「臉脹通紅」中，「通紅」充當「脹」的補語。

飛紅

共出現 14 次，全部充當謂語：

薛姨媽滿臉飛紅，歎了口氣道……（84，2058）

黛玉滿臉飛紅，又不好說。（85，2088）

小紅聽了，把臉飛紅，瞅了賈芸一眼，也不答言。（88，2164）

說了這句話，把臉又飛紅了。（88，2167）

金桂也覺得臉飛紅了。（91，2224）

寶釵把臉飛紅了。（98，2439）

把個寶釵直臊的滿臉飛紅。（101，2509）

「滿臉飛紅」是「臊」的補語，在短語「滿臉飛紅」中，「飛紅」充當謂語。

寶釵飛紅了臉。（101，2512）

湘雲說到那裡，卻把臉飛紅了。（108，2642）

寶釵的臉也飛紅了。（108，2649）

登時飛紅了臉。（109，2666）

五兒把臉飛紅。（109，2672）

那五兒聽了，自知失言，便飛紅了臉。（116，2850）

鴛兒把臉飛紅了。（118，2917）

紅的

共出現 4 次，全部充當賓語：

滿帳子都是紅的。（85，2080）

帳子的簷子是紅的。（85，2081）

心上一動，臉上一熱，必然也是紅的。（87，2139）

劉姥姥見眾人的眼圈兒都是紅的。（119，2938）

紅暈

（1）充當謂語 2 例：

那臉上的顏色漸漸的紅暈起來。（87，2139）

金桂聽了這話，兩顴早已紅暈了。（91，2225）

（2）充當賓語 2 例：

兩個眼已經乜斜了，兩腮上也覺紅暈了。（100，2483）

形似甜瓜，色有紅暈，甚是精緻。（109，2675）

鮮紅

（1）充當謂語 1 例：

只見眼睛直豎，兩顴鮮紅。（87，2142）

（2）充當定語 1 例：

便噴出鮮紅的血來。（110，2712）

小紅

共出現 29 次。

（1）充當主語 22 例：

小紅進來回道……（88，2163）

小紅出來，瞅著賈芸微微一笑。（88，2163）

　　小紅紅了臉，說道……（88，2164）

　　小紅怕人撞見。（88，2164）

　　小紅聽了，把臉飛紅。（88，2164）

　　小紅見賈芸沒得彩頭，也不高興。（88，2167）

　　小紅不接，嘴裏說道……（88，2167）

　　小紅微微一笑，才接過來。（88，2167）

　　小紅催著賈芸道……（88，2167）

　　小紅滿臉羞紅，說道說道……（88，2168）

　　這裡小紅站在門口，怔怔的看他去遠了。（88，2168）

　　又見小紅進來回道……（88，2169）

　　此例主謂短語「小紅進來回道」作「見」的賓語，而「小紅」在主謂短語中充當主語。

　　是我聽見小紅說的。（90，2196）

　　此例主謂短語「小紅說的」作「聽見」的賓語，而「小紅」在主謂短語中充當主語。

　　我們家的小紅頭裏是二叔叔那裡的。（92，2253）

　　便命小紅進去。（101，2497）

　　此例主謂短語「小紅進去」作「命」的賓語，而「小紅」在主謂短語中充當主語。

　　小紅答應著去了。（101，2497）

　　只見小紅、豐兒影影綽綽的來了。（101，2499）

　　此例主謂短語「小紅、豐兒影影綽綽的來了」作「見」的賓語，而「小紅」、「豐兒」在主謂短語中充當同位主語。

　　小紅過來攙扶。（101，2499）

　　我想著寶二爺屋裏的小紅跟了我去。（101，2510）

　　此例主謂短語「寶二爺屋裏的小紅跟了我去」作「想」的賓語，而「小紅」在主謂短語中充當主語。

　　只見豐兒、小紅趕來說……（113，2772）

　　此例主謂短語「豐兒、小紅趕來說」作「見」的賓語，而「豐兒」、「小紅」在主謂短語中充當同位主語。

只見小紅過來說……（113，2777）

此例主謂短語「小紅過來說」作「見」的賓語，而「小紅」在主謂短語中充當主語。

豐兒、小紅因鳳姐去世，告假的告假，告病的告病。（117，2876）

（2）充當賓語2例：

賈芸連忙同著小紅往裏走。（88，2164）

此例「小紅」在介賓短語「同著小紅」中充當介詞的賓語。

賈芸接過來，打開包兒揀了兩件，悄悄的遞給小紅。（88，2167）

（3）充當定語2例：

是小紅那裡聽來的。（89，2187）

此例主謂短語「小紅那裡聽來的」作「是」的賓語，而「小紅」在主謂短語中充當定語。

叫他補入小紅的窩兒。（92，2254）

（4）充當兼語3例：

立刻叫小紅斟上一杯開水。（111，2719）

便叫小紅招呼著。（113，2772）

鳳姐兒便叫小紅拿了東西，跟著賈芸送出來。（88，2167）

紅拂

充當主語：

文君、紅拂是女中的……（91，2252）

掃紅

充當兼語：

帶了焙茗、掃紅、鋤藥三個小子出來。（93，2274）

紅漲

充當謂語：

賈芹此時紅漲了臉。（93，2288）

紅赤

充當謂語：

只見黛玉肝火上炎，兩顴紅赤。（97，2396）

紅腫

充當謂語：

> 見王夫人、寶釵等哭的眼泡紅腫。（116，2844）

此例主謂短語「眼泡紅腫」作「哭」的補語，「紅腫」在主謂短語中充當謂語。

紅塵

（1）充當定語 1 例：

> 不想寶玉這樣一個人，紅塵中福分竟沒有一點兒！（120，2975）

此例方位短語「紅塵中」作「福分」的定語，「紅塵」又充當「中」的定語。

（2）充當賓語 1 例：

> 寶玉本來穎悟，又經點化，早把紅塵看破。（117，2868）

怡紅院

共出現 17 次。

（1）充當賓語 8 例：

> 只得回到怡紅院。（81，1982）
>
> 因回到怡紅院來。（81，1992）
>
> 卻說寶玉回到怡紅院中。（82，2002）
>
> 回到怡紅院。（83，2031）
>
> 只因柳五兒要進怡紅院。（92，2254）
>
> 便扶著紫鵑到怡紅院來。（94，2299）
>
> 早已來到怡紅院。（97，2395）
>
> 不覺將怡紅院走過了。（108，2652）

此例介賓短語「將怡紅院」作狀語，而「怡紅院」在方位短語中充當介詞「將」的賓語。

（2）充當定語 9 例：

> 怡紅院中甚覺清淨閑暇。（82，2006）

此例方位短語「怡紅院中」作主語，而「怡紅院」在方位短語中充當定語。

> 將到怡紅院門口。（85，2083）
>
> 然後回到怡紅院中。（87，2136）
>
> 沒精打彩的歸至怡紅院中。（87，2141）

　　此兩例方位短語「怡紅院中」都作賓語，而「怡紅院」在方位短語中充當定語。

　　　　看見怡紅院中的人，無論上下。（89，2189）

　　　　說著，回到怡紅院內。（92，2248）

　　此例方位短語「怡紅院內」作賓語，而「怡紅院」在方位短語中充當定語。

　　　　怡紅院裏的海棠本來萎了幾棵。（94，2298）

　　　　怡紅院裏的人嚇得個個像木雕泥塑一般。（94，2305）

　　　　怡紅院裏的花樹，忽萎忽開。（95，2337）

穿紅的

充當主語：

　　　　穿紅的來叫我，穿綠的來趕我。（102，2529）

紅樓夢

充當賓語：

　　　　賈雨村歸結紅樓夢。（120，2968）

悼紅軒

（1）充當定語1例：

　　　　到一個悼紅軒中。（120，2989）

此例方位短語「悼紅軒中」作賓語，而「悼紅軒」在方位短語中充當定語。

（2）充當賓語1例：

　　　　果然有個悼紅軒。（120，2989）

怡紅主人

充當主語：

　　　　怡紅主人焚付晴姐知之。（89，2180）

紅口白舌

充當狀語：

　　　　豈有紅口白舌咒人死的呢！（98，2430）

紅撲撲兒

充當謂語：

　　　　臉上紅撲撲兒的一臉酒氣。（100，2482）

青紅皂白

充當賓語：

> 既來了，該問個青紅皂白。（103，2546）

千紅萬紫

充當主語：

> 所以千紅萬紫終讓梅花為魁。（110，2711）

（六）詞義分布

1. 單音詞「紅」單獨運用共有 19 例，可概括為 4 個義項：

（1）紅色。2 例：

> 帳子的簷子是紅的，火光照著，自然紅是有的。（85，2081）
>
> 小紅滿臉羞紅，說道：「你去罷，……」（88，2168）

（2）發紅，變紅。14 例：

> 想到此際，臉紅心熱。（82，2006）
>
> 那元妃看了職名，眼圈兒一紅，止不住流下淚來。（83，2039）
>
> 剛說到這裡，臉一紅，微微的一笑。（85，2084）
>
> 賈芸把臉紅了道……（85，2087）
>
> 說著，眼圈兒又紅了。（87，2133）
>
> 妙玉聽了，忽然把臉一紅。（87，2138）
>
> 你沒有聽見人家常說的「從來處來」麼？這也值得把臉紅了。（87，2139）
>
> 寶蟾把臉紅著，並不答言。（91，2222）
>
> 王夫人見賈政說著也有些眼圈兒紅。（96，2354）
>
> 薛蝌被他拿話一激，臉越紅了。（100，2483）
>
> 說著，自己的眼圈兒也紅了。（101，2507）
>
> 寶玉聽了，知是失言，臉上一紅，連忙的還要解說。（114，2805）
>
> 說著，眼圈兒一紅，連忙把腰裏拴檳榔荷包的小絹子拉下來擦眼。（117，2874）
>
> 王夫人也眼圈兒紅了，說：「你快起來，……」（117，2874）

（3）紅色絲綢。2 例：

還有兩匹紅送給寶二爺包裹這花。（94，2303）

喜娘披著紅扶著。（97，2403）

（4）骰子上的紅點。1例：

寶玉聽了，趕到李紈身旁看時，只見紅綠對開。（108，2649）

2. 以「紅」為語素構成的複音詞有 22 個，下文逐詞考察其詞義分布。

通紅

（1）很紅。（81，1982）（104，2569）（120，2973）

（2）變得很紅。（91，2228）（96，2361）

飛紅

變成紅色。共出現 14 例，回目與頁碼見上文。

紅的

（1）紅色。（85，2081）（87，2139）（119，2938）

（2）紅色的光。（85，2080）

紅暈

（1）紅色圈紋。（109，2675）

（2）紅色加重。（87，2139）（91，2225）（100，2483）

鮮紅

（1）鮮豔的紅色。（110，2712）

（2）變為鮮豔的紅色。（87，2142）

小紅

寶玉丫環紅玉的小稱。共出現 29 例，回目與頁碼見上文。

紅拂

唐代傳奇《虬髯客傳》中楊素的婢女，因手執紅色拂塵而得名。（92，2252）

掃紅

寶玉的僮僕名稱。（93，2274）

紅漲

紅色布滿。（93，2288）

紅赤

紅紅的。（97，2396）

紅潮

紅色如潮水湧現。（109，2668）

紅腫

浮腫變紅。（116，2844）

紅塵

人世社會。（117，2868）。（120，2975）

怡紅院

因花紅而令人愉悅的庭院，即小說《紅樓夢》大觀園中賈寶玉居住的地方。

共出現 17 次，回目與頁碼見上文。

穿紅的

穿著紅色服裝的人。（102，2529）

紅樓夢

曲名，哀悼封建社會末期美女們生活狀態的藝術演繹。（120，2968）

悼紅軒

哀悼美女的小房間，即曹雪芹寫作《紅樓夢》的書房。（120，2989）

怡紅主人

寶玉的自稱。（89，2180）

紅口白舌

話語清楚分明。（98，2430）

紅撲撲兒

紅紅的。（100，2482）

青紅皂白

事情的原委是非。（103，2546）

千紅萬紫

各種花卉。（110，2711）

3.「紅」作為詞或以「紅」作為語素的詞組合的短語有33個。

「紅」在下列短語中的意義分布：

微紅

淺淡的紅色。（94，2302）

微微發紅。（100，2483）

眼紅

眼睛發紅。（107，2626）

紅了臉

共出現 11 次。

愉悅、害羞。共 3 例：

寶玉巴不得這一聲，好解釋前頭的話，忽又想到：「或是妙玉的機鋒。」轉紅了臉，答應不出來。（87，2139）

賈芸趕忙湊近一步問道：「姑娘替我回了沒有？」小紅紅了臉，說道：「我就是見二爺的事多。」（88，2164）

五兒紅了臉，笑道：「你在那裡躺著，我怎麼坐呢？」（109，2670）

生氣、害羞。共 4 例：

寶玉紅了臉，啐了一口道：「呸！沒趣兒紅東西！還不快走呢。」（85，2087）

寶妹妹急得紅了臉，說道：「你越發比先不尊重了！」（99，2459）

寶玉已經忘神，便把五兒的手一拉。五兒急得紅了臉，心裏亂跳。（109，2668）

惜春不等說完，便紅了臉說：「珍大奶奶撐得你，我就撐不得麼？」（109，2668）

後悔、自責。僅 1 例：

湘雲紅了臉，自悔失言。（82，2018）

言語或行為失當，難為情。共 3 例：

寶玉便笑著道：「只要你們能彈，我便愛聽，也不管『牛』不『牛』的了。」黛玉紅了臉一笑，紫鵑、雪雁也都笑了。（86，2120）

一句話戳了他嫂子的心，便紅了臉走開了。（111，2726）

賈政把眼一瞪道：「胡說！老太太的事，銀兩被賊偷去，就該罰奴才拿出來麼？」賈璉紅了臉，不敢言語。（112，2760）

紅著臉

共出現 4 次。

（1）羞愧。

> 薛姨媽料他知道，紅著臉說道：「這如今，我們家裏鬧得也不像個過日子的人家了，讓你們那邊聽見笑話。」（83，2043）

（2）高興。

> 黛玉紅著臉微笑道：「姨媽那裡又添了大嫂子，怎麼倒用寶姐姐看起家來？大約是他怕人多熱鬧，懶待來罷。我倒怪想他的。」（85，2091）

（3）言語或行為失當，難為情。

> 賈芸看見鳳姐執意不受，只得紅著臉道：「既這麼著，我再找得用的東西來孝敬嬸娘罷。」（88，2167）

（4）感激。

> 岫煙紅著臉笑謝道：「這樣說了，叫我不敢不收。」（90，2204）

面紅耳熱

> 頭臉耳朵發熱變紅。（109，2672）

眼腫腮紅

> 眼瞼浮腫，臉腮發紅。（119，2945）

其餘 27 個短語裏的「紅」，意義均為「紅色」。

（七）語義結構

根據以上考察，歸納出「紅」有下列 6 個義類：

1. 紅色

（1）單音詞「紅」單用 2 例：

（85，2081）（88，2168）

（2）以「紅」為語素構成的複音詞其中語素義為「紅色」的 11 例：

通紅（81，1982）（104，2569）（120，2973）、紅的（85，2081）（87，2139）（119，2938）、紅暈（109，2675）、鮮紅（110，2712）、小紅、紅拂、紅漲、紅赤、紅潮、紅腫、紅撲撲兒。

（3）「紅」作為詞或以「紅」作為語素的詞所組合的 33 個短語中，有 27

例「紅」的意義均為「紅色」。見上文。

2. 紅色物象

（1）紅花：怡紅院、怡紅主人、千紅萬紫。

（2）紅色花瓣：掃紅。

（3）紅光：紅的（85，2080）。

（4）身著紅色服裝的人：穿紅的。

3. 紅色動態

（1）發紅、變紅：通紅（91，2228）（96，2361）、飛紅、鮮紅（87，2142）、微紅（100，2483）、眼紅、面紅耳熱、眼腫腮紅。

（2）紅色加重：紅暈（87，2139）（91，2225）（100，2483）。

（3）愉悅、害羞：紅了臉（87，2139）（88，2164）（109，2670）。

（4）生氣、害羞：紅了臉（85，2087）（99，2459）（109，2668）（109，2668）

（5）後悔、自責：紅了臉（82，2018）。

（6）言語或行為失當而難為情：紅了臉（86，2120）（111，2726）（112，2760）、紅著臉（88，2167）。

（7）羞愧：紅著臉（83，2043）。

（8）高興：紅著臉（85，2091）。

（9）感激：紅著臉（90，2204）。

4. 美女：紅樓夢、悼紅軒。

5. 清楚分明：紅口白舌、青紅皂白。

6. 人世社會：紅塵。

「紅」的語義結構層次圖示如下：

第一層次	紅色					
第二層次	紅色物象			紅色動態		清楚分明	人世社會
	紅花、紅色花瓣	紅光	穿紅色服裝者	發紅、變紅、紅色加重		是非	

第三層次	美女	愉悅高興	害羞		生氣自責		
第四層次		感激	難為情	羞愧			

（八）文化內涵

「紅」的文化內涵在《〈紅樓夢〉前八十回「紅」字研究》中已有考述，後四十回沒有出現與之相悖的用例，但與前八十回相較，文化旨向已不再重於華貴、薄命，而有如下不同的表現：

1. 婚戀之情

中國傳統稱婚喪為紅白大事，試看《紅樓夢》第八十五回王熙鳳對「紅」在此段文字中的文化評價：

> 寶玉在項上摘了下來，說：「這不是我那一塊玉，那裡就掉了呢。比起來，兩塊玉差遠著呢，那裡混得過？我正要告訴老太太，前兒晚上我睡的時候，把玉摘下來掛在帳子裏，他竟放起光來了，滿帳子都是紅的。」賈母說道：「又胡說了。帳子的簷子是紅的，火光照著，自然紅是有的。」寶玉道：「不是。那時候燈已滅了，屋裏都漆黑的了，還看得見他呢。」邢、王二夫人抿著嘴笑。鳳姐道：「這是喜信發動了。」寶玉道：「什麼喜信？」

王熙鳳把玉石放出紅光與寶玉的婚事相聯繫，可見「紅」具有婚戀的文化內涵。第九十七回就用「紅」表現婚慶：「一時大轎從大門進來，家裏細樂迎出去，十二對宮燈排著進來，倒也新鮮雅致。儐相請了新人出轎，寶玉見新人幪著蓋頭，喜娘披著紅扶著。」

「紅」不但表現婚慶，而且蘊涵男女戀情。例證如下：

（1）賈芸趕著說道：「叔叔樂不樂？叔叔的親事要再成了，不用說是兩層喜了。」寶玉紅了臉，啐了一口道：「呸！沒趣兒的東西！還不快走呢。」（第八十五回）

（2）鳳姐在地下站著笑道：「你兩個那裡像天天在一處的，倒像是客一般，有這些套話，可是人說的『相敬如賓』了。」說的大家一笑。黛玉滿臉飛紅，又不好說，又不好不說，遲了一會兒，才說道：「你懂得什麼！」（第八十五回）

「紅了臉」、「滿臉飛紅」正是寶玉、黛玉真實情感的自然外露,「紅」在文本中不但揭示了人物的內心世界,而且成為作家描寫青年男女戀情的藝術手段。

(3)寶玉道:「我頭裏就進來了,看著你們兩個爭這個『畸角兒』。」說著,一面與妙玉施禮,一面又笑問道:「妙公輕易不出禪關,今日何緣下凡一走?」妙玉聽了,忽然把臉一紅,也不答言,低了頭自看那棋。寶玉自覺造次,連忙陪笑道:「倒是出家人比不得我們在家的俗人,頭一件,心是靜的。靜則靈,靈則慧……」寶玉尚未說完,只見妙玉微微的把眼一抬,看了寶玉一眼,復又低下頭去,那臉上的顏色漸漸的紅暈起來。(第八十七回)

妙玉雖然出家,但面對風姿倜儻的寶玉仍不免心動。作家在以「臉一紅」、「紅暈」等語詞來刻畫妙玉微妙的心靈躁動的同時,讓「紅」表現了少女應有的真實情感,並賦予「紅」表徵男女戀情的文化信息。

2. 淫　邪

第九十三回說賈政看到李德揭下的一張紙上寫著:「西貝草斤年紀輕,水月庵裏管尼僧。一個男人多少女,窩娼聚賭是陶情。不肖弟子來辦事,榮國府內出新聞。」「紅」字蘊涵的淫邪旨向通過人物的對話與表情「紅漲了臉」被揭示出來:賴大說:「這芹大爺本來鬧的不像了。奴才今兒到庵裏的時候,他們正在那裡喝酒呢。帖兒上的話是一定有的。」賈璉道:「芹兒你聽,賴大還賴你不成?」賈芹此時紅漲了臉,一句也不敢言語。(第九十三回)

夏金桂與寶蟾串通勾引薛蝌的文本描述,堪為「紅」字淫邪文化內涵的典型例證:

(1)薛蝌只得起來,開了門看時,卻是寶蟾,攏著頭髮,掩著懷,穿一件片錦邊琵琶襟小緊身,上面繫一條松花綠半新的汗巾,下面並未穿裙,正露著石榴紅灑花夾褲,一雙新繡紅鞋。……薛蝌見他這樣打扮,便走進來,心中又是一動,只得陪笑問道:「怎麼這樣早就起來了?」寶蟾把臉紅著,並不答言……(第九十一回)

以「石榴紅」、「紅鞋」為關鍵詞著力刻畫寶蟾淫邪煽情的服裝打扮,進而以「把臉紅著」向薛蝌暗送不可告人的曖昧信息。

(2)寶蟾笑道:「奶奶別多心,我是跟奶奶的,還有兩個心麼?但是事情要密些,倘或聲張起來,不是頑的。」金桂也覺得臉飛紅了,因說道:「你這

個丫頭，就不是個好貨！想來你心裏看上了，卻拿我作筏子，是不是呢？」寶蟾道：「只是奶奶那麼想罷咧，我倒是替奶奶難受。奶奶要真瞧二爺好，我倒有個主意。奶奶想，那個耗子不偷油呢，他也不過怕事情不密，大家鬧出亂子來不好看。依我想，奶奶且別性急，時常在他身上不周不備的去處，張羅張羅。他是個小叔子，又沒娶媳婦兒，奶奶就多盡點心兒，和他貼個好兒，別人也說不出什麼來。過幾天他感奶奶的情，他自然要謝候奶奶。那時奶奶再備點東西兒在咱們屋裏，我幫著奶奶灌醉了他，怕跑了他？他要不應，咱們索性鬧起來，就說他調戲奶奶。他害怕，他自然得順著咱們的手兒。他再不應，他也不是人，咱們也不至白丟了臉面。奶奶想怎麼樣？」金桂聽了這話，兩顴早已紅暈了……（第九十一回）

（3）一句話沒說完，金桂早接口道：「自然人家外人的酒比咱們自己家裏的酒是有趣兒的。」薛蝌被他拿話一激，臉越紅了，連忙走過來陪笑道：「嫂子說那裡的話。」寶蟾見他二人交談，便躲到屋裏去了。這金桂初時原要假意發作薛蝌兩句，無奈一見他兩頰微紅，雙眸帶澀，別有一種謹願可憐之意，早把自己那驕悍之氣感化到爪窪國去了，因笑說道：「這麼說，你的酒是硬強著才肯喝的呢。」薛蝌道：「我那裡喝得來。」金桂道：「不喝也好，強如像你哥哥喝出亂子來，明兒娶了你們奶奶兒，像我這樣守活寡受孤單呢！」說到這裡，兩個眼已經乜斜了，兩腮上也覺紅暈了。（第一百回）

第（2）、（3）兩段文字先是通過「臉飛紅」的外貌描寫，引出金桂與寶蟾的對話來展示其淫邪卑污的陰暗心理。接著兩次以「紅暈」逐層渲染金桂的淫邪醜態。薛蝌在金桂與寶蟾的聯手進攻下，因失態而「臉越紅」、「兩頰微紅」。「紅」蘊涵的淫邪文化信息在特定語境中得到生動表現。

3. 妖　異

「紅」在文本中還透露了妖異的文化信息。例如：

（1）「這裡的人就把他拿住。身邊一搜，搜出一個匣子，裏面有象牙刻的一男一女，不穿衣服，光著身子的兩個魔王，還有七根朱紅繡花針。立時送到錦衣府去，問出許多官員家大戶太太姑娘們的隱情事來。」（第八十一回）繡花針不是其他顏色而是朱紅，暗示與用妖法害人有必然聯繫。

（2）只見平兒笑嘻嘻的迎上來說：「我們奶奶知道老太太在這裡賞花，自

己不得來，叫奴才來伏侍老太太、太太們。還有兩匹紅送給寶二爺包裹這花，當作賀禮。」襲人過來接了，呈與賈母看。賈母笑道：「偏是鳳丫頭行出點事兒來，叫人看著又體面，又新鮮，很有趣兒。」襲人笑著向平兒道：「回去替寶二爺給二奶奶道謝。要有喜，大家喜。」賈母聽了笑道：「噯喲，我還忘了呢。鳳丫頭雖病著，還是他想得到，送得也巧。」一面說著，眾人就隨著去了。平兒私與襲人道：「奶奶說，這花開得奇怪，叫你鉸塊紅綢子掛掛，便應在喜事上去了。以後也不必只管當作奇事混說。」（第九十四回）用紅綢裹花掛花，貌似喜慶，其實是企圖以紅色掩飾花開不應時令的妖異現象。

（3）只聞尤氏嘴裏亂說：「穿紅的來叫我，穿綠的來趕我。」地下這些人又怕又好笑。賈珍便命人買些紙錢，送到園裏燒化。（第一百二回）句中所謂「穿紅的」，是尤氏神智不清時所見的神鬼怪異之物，顯然蘊涵妖異信息。

（4）外面的人因那媳婦子不妥當，便都說妖怪爬過牆吸了精去死的。於是老太太著急的了不得，另派了好些人將寶玉的住房圍住，巡邏打更。這些小丫頭們還說，有的看見紅臉的，有的看見很俊的女人的，吵嚷不休，唬得寶玉天天害怕。（第一百二回）

（5）內中有個年輕的家人，心內已經害怕，只聽呼的一聲，回過頭來，只見五色燦爛的一件東西跳過去了，唬得噯約一聲，腿子發軟，便躺倒了。賈赦回身查問，那小子喘噓噓的回道：「親眼看見一個黃臉紅鬚綠衣青裳一個妖怪，走到樹林子後頭山窟窿裏去了。」（第一百二回）

這兩段文字用「紅臉的」、「紅鬚」來描繪小丫頭們以及年輕的家人所說的妖怪，揭示了人物潛意識裏妖怪與特定色彩相聯繫的文化觀念。

4. 災　難

「紅」還與疾病、死亡、意外打擊等災難相聯繫：

（1）那王大夫便向紫鵑道：「這病時常應得頭暈，減飲食，多夢；每到五更，必醒過幾次；即日間聽見不干自己的事，也必要動氣，且多疑多懼。不知者疑為性情乖誕，其實因肝陰虧損，心氣衰耗，都是這個病在那裡作怪。不知是否？」紫鵑點點頭兒，向賈璉道：「說的很是。」王太醫道：「既這樣，就是了。」說畢，起身同賈璉往外書房去開方子。小廝們早已預備下一張梅紅單帖。（第八十三回）

（2）賈母便問：「巧姐兒到底怎麼樣？」鳳姐兒道：「只怕是搐風的來頭。」賈母道：「這麼著還不請人趕著瞧？」鳳姐道：「已經請去了。」賈母因同邢、王二夫人進房來看。只見奶子抱著，用桃紅綾子小綿被兒裹著，臉皮趣青，眉梢鼻翅微有動意。（第八十四回）

（3）這裡煎了藥，給巧姐兒灌了下去，只見喀的一聲，連藥帶痰都吐出來，鳳姐才略放了一點兒心。只見王夫人那邊的小丫頭，拿著一點兒的小紅紙包兒，說道：「二奶奶，牛黃有了。太太說了，叫二奶奶親自把分兩對準了呢。」（第八十四回）

無論用「梅紅單帖」開處方，還是用「桃紅綾子小綿被」包裹巧姐兒，或是用紅紙包牛黃，本意都是趨吉避凶，但紅色事實上就成了病災的象徵。

（4）一回兒，又有盜賊劫他，持刀執棍的逼勒，只得哭喊求救。早驚醒了庵中女尼道婆等眾，都拿火來照看。只見妙玉兩手撒開，口中流沫。急叫醒時，只見眼睛直豎，兩顴鮮紅，罵道：「我是有菩薩保佑，你們這些強徒敢要怎麼樣！」（第八十七回）

（5）到了明日，湯水都喫不下，鶯兒去回薛姨媽。薛姨媽急來看時，只見寶釵滿面通紅，身如燔灼，話都不說。薛姨媽慌了手腳，便哭得死去活來。（第九十一回）

生病發燒，體溫上升，必然「兩顴鮮紅」，「滿面通紅」，這是不可避免的生理現象，因此紅色自然蘊涵了危險的病災信息。

（6）賈母又瞧了一瞧寶釵，歎了口氣，只見臉上發紅。賈政知是迴光返照，即忙進上參湯。賈母的牙關已經緊了。（第一百十回）

（7）鳳姐聽了這話，一口氣撞上來，往下一咽，眼淚直流，只覺得眼前一黑，嗓子裏一甜，便噴出鮮紅的血來，身子站不住，就蹲倒在地。（第一百十回）

（8）趙姨娘雙膝跪在地下，說一回，哭一回。有時爬在地下叫饒說：「打殺我了！紅鬍子的老爺，我再不敢了。」有一時雙手合著，也是叫疼。眼睛突出，嘴裏鮮血直流，頭髮披散。人人害怕，不敢近前。（第一百十三回）

以上第（6）、（7）、（8）三例事關生死，第（8）例更涉妖異，特定語境裏的「發紅」、「鮮紅」、「紅鬍子」都蘊涵了人物遭受深重災難的文化信息。

二、研究方法

對《紅樓夢》文本逐句閱讀，以馮其庸先生纂校訂定的《八家評批紅樓夢》為考察分析的基本依據。據文本語境，參酌前修與時賢卓識，出以已見。

「紅」在文本語境中的動態表現，是確定其構詞能力、結構方式、組合能力、句法功能、詞義分布、義類結構、文化內涵的最終依據。因此，本文不遺餘力以大量篇幅進行了窮盡性語用考察，並且以表格形式將考察結果詳盡列出，俾展現其系統特徵。

凡技術性工作則運用數學統計方法和計算機進行。

三、結果與討論

（一）頻率與回目

出現頻率	所 在 回 目	回目個數
0	105	1
1	99、103、104、106、107、112、114、115、118	9
2	86、93、95、96、111、119	6
3	84、97、98、102、110、116	6
4	81、83、89、90、100、108、113	7
5	82	1
6	91、92、94、117	4
7	120	1
8	101、109	2
10	85、87	2
20	88	1

可見「紅」在第八十八回中出現頻率最高，是 20 次。在第一百五回中，出現頻率最低，是 0 次。出現頻率為 1 次的回目數最多，是 9 個。出現頻率為 0、5、7、20 次的回目數最少，是 1 個。

（二）構詞能力

	雙音節詞	三音節詞	四音節詞	詞數
名詞	紅塵、掃紅、紅的、小紅、紅拂	悼紅軒、紅樓夢、怡紅院、穿紅的	青紅皂白、怡紅主人、千紅萬紫	12
動詞	紅漲、飛紅、紅潮			3
形容詞	紅赤、紅腫		紅口白舌、紅撲撲兒	4

雙性詞	鮮紅（名、動）、紅暈（名、動）、通紅（動、形）			3
詞數	13	4	5	

　　「紅」構成雙音節詞 13 個，佔總詞數的 59.1%，構成三音節詞 4 個，佔總詞數的 18.2%，構成四音節詞 5 個，佔總詞數的 22.7%；構成名詞 12 個，佔總詞數的 54.5%，構成動詞 3 個，佔總詞數的 13.6%，構成形容詞 4 個，佔總詞數的 18.2%，構成雙性詞 3 個，佔總詞數的 13.6%。

（三）結構方式

結構方式	雙音節詞數目	三音節詞數目	四音節詞數目	合計詞數目
主謂式	3			3
偏正式	6	3	1	10
述賓式	2			2
聯合式	2		3	5
附加式	1	1	1	3

　　由於「紅暈」具有兩種結構方式，使統計的總詞數擬為 23。表中偏正式數量最多，佔總詞數的 43.5%；述賓式數量最少，佔總詞數的 9%。

（四）組合能力

組合類型	雙音節短語數目	三音節短語數目	四音節短語數目	四音節以上短語數目	合計短語數目
主謂短語	1				1
定中短語	9	4	7	7	27
狀中短語	1				1
述賓短語	1	2			3
聯合短語			2		2

　　由於「微紅」具有兩種結構方式，使統計的短語總數擬為 34。組合的定中短語最多，佔短語總數的 80%；組合的主謂短語、狀中短語最少，各佔短語總數的 3%。

（五）句法功能

句子成分	單音節詞	雙音節詞	三音節詞	四音節詞	合計次數
主語	2	23	1	2	28

謂語	14	21			35
賓語	1	9	10	1	21
定語		4	10		14
狀語				1	1
補語	1	3			4
兼語	1	4			5

「紅」作為單音節詞以及以「紅」為語素構成的複音詞單獨充當謂語的次數最多，有 35 次，佔總次數 108 的 32.4%；單獨充當狀語的次數最少，只有 1 次，佔總次數的 0.9%。

（六）詞義分布

表 I

單音詞義類別	用例數目	百分比
紅色	2	10.5%
紅色絲綢	2	10.5%
骰子上的紅點	1	5.3%
發紅、變紅	14	73.7%

為統計方便，具有屬於不同義類的兩個義項的複音詞，每個義項以 0.5 個詞計算複音詞數目。

表 II

複音詞義類別	屬此義類的複音詞	複音詞數目	百分比
紅色	通紅、紅的、鮮紅、紅赤、紅撲撲兒	3.5	16%
紅色事物	紅的、紅暈	1	4.5%
發紅、變紅、紅色布滿加重	飛紅、通紅、紅漲、紅暈、鮮紅、紅潮、紅腫	5.5	25%
人稱	掃紅、小紅、紅拂、穿紅的、怡紅主人	5	22.7%
地稱	悼紅軒、怡紅院	2	9.1%
物稱	紅樓夢、千紅萬紫	2	9.1%
人世	紅塵	1	4.5%
清楚、是非	紅口白舌、青紅皂白	2	9.1%

表Ⅲ

短語中「紅」的意義類別	用例數目	百分比
紅色	28	60%
發紅、變紅	4	8.5%
愉悅、害羞	3	6.4%
生氣、害羞	4	8.5%
後悔、自責	1	2%
言行失當而難為情	4	8.5%
羞愧	1	2%
高興	1	2%
感激	1	2%

（七）語義結構

由紅色、紅色物象、紅色動態、美女、清楚分明、人世社會等六個義類構成四個語義結構層次。

（八）文化內涵

根據文本確定「紅」有婚戀之情、淫邪、妖異、災難四種文化內涵。

參考文獻

1. ［清］曹雪芹、高鶚著，楊憲益、戴乃迭譯（漢英對照）《紅樓夢》，北京：外文出版社，2003 年 1 月版。

2. 陳維昭，《紅學與二十世紀學術思想》，北京：人民文學出版社，2000 年。

3. 馮其庸纂校訂定，《八家評批紅樓夢》，北京：文化藝術出版社，1991 年。

4. 李國正、葉熒光，"A Study on the Word 'hong' in the first 80 Chapter of 'A Dream of Red Chambers', Canada, Montreal: "Cross-Cultural Communication" Volume 4, Number 2, 30 June 2008.

5. 劉世德，《紅樓夢版本探微》，上海：華東師範大學出版社，2003 年。

6. 羅德湛，《紅樓夢的文學價值》（增訂新版），臺北：東大圖書股份有限公司，1998 年。

7. 王士超注釋，李永田整理，《紅樓夢詩詞鑒賞》，北京：北京出版社，2004 年 1 月版。

8. 俞平伯輯，《脂硯齋紅樓夢輯評》，北京：中華書局，1960 年 2 月新 1 版。

9. 周中明著，《紅樓夢的語言藝術》，南寧：廣西人民出版社，2007 年。

定稿於 2011 年 1 月 29 日。

《中國簡帛書法大字典》序

　　說明字形、字義和字音是字典的三大功能，因為掌握漢字的形、義、音，是理解漢語書面信息的梯航。中國最早的字典《說文解字》編撰的主要目的，就是教人瞭解構造漢字的文化理據，用來幫助閱讀儒家經典。現代的中國字典不再以幫助讀經為目的，而是作為普及和提高人們文化水平的主要工具和手段，因此，字典理應盡可能反映漢字的美學信息和文化信息，而實際上並非如此。漢字字形三千年來發生了巨變，字典編纂者囿於解釋形義音的歷史傳統，編纂格局基本上沒有突破性改變。事實是，漢字形體不只是言語的書面符號，字形本身就蘊含著豐富的美學信息和文化信息。三千年前的甲骨文字的結構造型就生動地體現了遠古時代的審美觀念和文化觀念，可見審美與文化是漢字與生俱來的傳統。隨著時代的推移，古代漢字的形象化特徵逐漸被抽象化取代，審美和文化這兩個關係到中華民族精神層次水平的傳統，在《說文》以後的字典編纂中沒有作為編纂原則加以重視凸顯，以至逐漸被邊緣化。漢字的美學信息和文化信息也隱而不彰，要想從現代字典中獲取漢字本身的美學信息和文化信息也就難乎其難了。

　　吳巍先生編著的《中國簡帛書法大字典》既然稱為字典，照理應當遵循說明字形、字義和字音的歷史傳統，不過，這樣一來，這部字典就喪失了存在價值，因為如果僅僅為了理解漢語書面信息，存世漢語字典汗牛充棟，這部收字不足一萬的字典豈能與收字數萬的字典相頡頏。中國漢字書法源遠流長，

但古人並未編撰專供書法參考的字典。鑒於普通字典偏重漢字的形、義、音，卻疏於揭示漢字蘊涵的美學信息和文化信息，吳巍先生以藝術家的獨特視角與編纂家的學術眼光進行了創造性的工程。這項工程首先淡化了重在說明字形、字義和字音的歷史傳統，把字義詮釋的任務完全交給普通字典，把現代普通話字音僅僅作為查尋漢字的一種標誌，而把展示字形特徵放在突出地位。因為此項工程從一開始就不是為閱讀漢字文本服務，而是把提供書法創作參考作為宗旨，而書法作為平面造型藝術，形式美是必須表現的重點，突出字形特徵既在一定程度上繼承了《說文》以來的優良傳統，又跨越了一成不變固守形、義、音的樊籬，把書法創作者、愛好者、欣賞者引進了一個風格獨特、絢爛多彩、美不勝收的藝術宮殿。

展現字形特徵《說文》首開其例，現代書法字典繼承這一傳統，從書體和書家兩個方面為書法提供參考。書體方面如篆書字典、草書字典、隸書字典、行書字典，書家方面如王羲之書法字典、顏真卿書法字典、米芾書法字典、趙孟頫書法字典等等。自19世紀末甲骨文問世以來，一百多年間出土文物所保存的甲骨文、金文、簡牘文、帛書以及其他材料上鐫刻的古文字層出不窮，隨之而來的甲骨文字典、金文字典、簡牘帛書字典以及字彙、文字編等也為數不少。這些工具書雖不是專門的書法字典，但可為學習古文字書法者作參考。問題在於，這類工具書水平參差，體例不一，而且有的古文字是手工摹寫，這就很難杜絕乖舛失真的弊病。吳巍先生編著的《中國簡帛書法大字典》廣收博採現存的簡帛資料，全部字形一律保持原生態，把不同區域、不同年代、不同風格的簡牘帛書文字全部集中在設定好的單字欄裏，展現出同一漢字的不同形體特徵，最大限度地發掘出漢字字形的美學信息，為書法創作者、愛好者、欣賞者建構了一個集簡帛文字大成的觸發靈感的藝術世界。

根據《尚書·多士》的記載，商代已有簡冊文字，簡冊文字從商代一直延續到唐代仍在邊遠地區運用。現已出土的簡帛文字主要分布於戰國秦漢三國時期，總計單字數目約4800餘個，比《說文解字》所收9353字還少4500多個，這就明顯制約了書法自由創作的活動空間。有鑑於此，編著者特地補充了三類文字：第一類為簡帛書裏沒有的文字，但是在甲骨文、金文或西漢之前的磚、陶、貨幣、印璽、瓦當、封泥等材料中有實證；第二類為東漢隸書和

《說文》小篆；第三類為利用已有簡帛文字的偏旁部首組合而成的字。這三類文字的輔助參考作用不言而喻，而利用已有部件組合漢字在古文字書法創作實踐中雖時有所見，但只是隨機偶然的應急措施。吳巍先生是有目的有選擇成系統地把自造簡帛文字以個人風格書寫出來，並把它們編入字典的第一人，這體現了編著者為發展簡帛書法事業殫精竭慮的良苦用心，同時也給簡帛書法創作者、愛好者、欣賞者提供了一個藝術創新的參照系和啟發想像的空間。

打開《中國簡帛書法大字典》，讀者不難發現，同一字頭之下，除了簡帛文字，竟然出現了甲骨文、金文字形，有的字頭下還排列了不少石刻碑文。名為簡帛書法大字典何以收入如此之多的非簡帛文字，這豈非自亂體例？讀者不妨聽聽編著者在《前言》裏所述的原因：其一，是把簡帛文字直接置入到漢文字的演變鏈條裏，書家一目了然地即能對比出簡帛書在整個文字鏈條中的演變軌跡；其二，擴容了單一簡帛書的信息量，為書家提供最便捷的服務，無需再翻閱其他書籍，在同一個單字欄裏，可以解讀文字演變的全部過程；其三，同時也是為不識古文字的書法家增加一項學習課程。由此可見，編著者並不滿足於簡帛文字在書法活動中的實用價值，而是刻意以簡帛文字為樞紐，上溯甲金文，下探漢隸，勾勒出漢字字形演變的全部過程，一個單字欄就表徵一個漢字的演變史。這就大大增加了漢字字形的文化信息量，彰顯出漢字在中華文化發展史上的重要地位。每個單字的嬗變鏈條就像涼涼溪流，8200 條溪流匯成氣勢恢宏的滾滾江河，《中國簡帛書法大字典》以前所未有的廣闊胸懷，把漢字的實用信息、美學信息、文化信息融為一體，開創了書法字典編纂體例的新天地。

《中國簡帛書法大字典》保存了從甲骨文到漢隸不同書體的漢字字形原始真實的面貌和編著者的創作成果，保存了同一漢字在不同歷史時期呈現的結構姿態及其中蘊涵的美學信息，保存了中華民族自古以來勞作生活孳乳發展而融入字形的文化信息，為中華民族的書法藝術及漢字文化的傳承發展做出了傑出的貢獻。由於這部字典所具有的專業實用價值，以及蘊涵的豐富美學價值和文化價值，無疑在中國書法字典編纂史、中國美學史和中國文化史上佔有重要地位，並且必將對中國書法、中國美學、中國文化以及中華民族的精神文化生活

產生深遠的影響。

　　是為序。

李國正

於上海松江九亭三盛頤景園

2013 年 5 月 13 日

原載清華大學出版社，2013 年 7 月版《中國簡帛書法大字典》（第一部）。

《切韻》性質與重紐研究

摘　要

　　《切韻》的性質，歸納起來不外三種看法：古今南北雜湊；一時一地之語音系統；文學語言的語音基礎。邵榮芬先生認為《切韻》音系的語音基礎是洛陽話，並以何超《晉書音義》反切音系作為證據，但在聲韻兩方面都存在明顯的困難。本文認為《切韻》反映的是陸法言等人恢復重建南北對峙之前的河洛舊音系。

　　迄今對重紐三、四等區別的研究，不出韻母範圍，目前較多學者認為是介音的區別。其實重紐三、四等的區別不在上古來源的不同，也不在 i 介音的鬆緊，而在於重紐三等是與弱聲強韻的子類韻相對的強聲弱韻；重紐四等是與強聲弱韻的獨立四等相對的弱聲強韻。重紐三等聲母比較強，是非齶化的；重紐四等聲母比較弱，是齶化的。這樣，重紐三、四等的區別就體現在聲母上。

關鍵詞：《切韻》；性質；重紐；齶化

　　什麼學問都可以自學，唯有音韻學不能無師自通。例如反切，誰都知道是上字取聲，下字取韻和調，用兩個漢字拼出一個漢字的讀音來，然而翻開《康熙字典》看看，能保證都拼出正確的讀音嗎？恐怕不見得。30 多年前我在四川的一所中學任教，有人讀不懂《康熙字典》來向我請教，我就沒敢亂講。還有人拿香港某中學的考試題來問我：「幫滂並明」是什麼意思？我不懂，去問全城最有學問的老教師，他說年輕時在四川大學聽過黎錦熙先生講課，但沒講

音韻學，似乎覺得這幾個字大概是表示古代的聲母，古代聲母究竟是怎麼回事則不得而知。1981 年秋天我本來報考南京大學文字學方向，在上交志願表的前一刻，終於劃掉文字學改填了廈門大學黃典誠先生的方言音韻方向。

漢語音韻學一向被視為絕學，涉獵這門學問如同步入迷宮，裏面有許許多多撲朔迷離的問題令人頭暈目眩，無可措手足。我是 1982 年 2 月初來廈門大學求學的，那時黃先生住在鼓浪嶼鹿礁路 24 號廈大教師宿舍，我和歐陽國泰每週兩次去先生家聽課。來廈大之前，我只讀過王力先生寫的《漢語音韻》小冊子，那是科普讀物，靠它連入學考試也沒辦法應付，更談不上搞研究。不要說剛開始時聽不懂黃先生的課，就連廈大本科生用的《漢語語音史》講義也看不懂，十足一個音韻盲。因此我除了聽課之外，經常去鼓浪嶼黃先生家請教，而先生不厭其煩，每次都耐心細緻地回答我的提問。

接觸古代漢語音韻學，不能不研究《切韻》。研究《切韻》必須弄清《切韻》的性質，如果性質不明，方向不清，所謂研究就不過是向壁虛構的空中樓閣，不能解決任何實際問題。上個世紀 60 年代，《中國語文》曾發表過關於《切韻》性質不同見解的若干論文，歸納起來不外三種看法：一種是堅持章太炎先生《國故論衡·音理論》的觀點，認為《切韻》是古今南北語音的雜湊，以黃淬伯、何九盈為代表；另一種觀點認為《切韻》反映一時一地的語音系統，以邵榮棻、王顯為代表；第三種觀點認為《切韻》音系是六世紀文學語言的語音基礎，這是周祖謨先生的看法。從那時到現在，半個世紀過去了，《切韻》性質的探討沒有任何進展。當代學者不但沒能提出超越前輩的理論或材料，而且日益顯得沒落式微。有人竟然認為「它的音系就成了一個沒有實在環境的空架子，過細的音類分析，沒有明確的音值讀法，所以就失去了它存在的客觀基礎，也就避免了滅亡的命運。」〔註 1〕如果《切韻》真是不能宣諸唇吻的空架子，沒有明確的音值讀法，必然失去其存在的客觀基礎與使用價值，那麼，它豈能避免滅亡的命運，我們今天豈能見到它，研究它？對這樣一個最基本也是最根本的問題至今仍然存在如此看法，不能不說是音韻學者的悲哀，也不能不令我對伯虔師寄予更深切的懷念！

說到《切韻》性質，伯虔師一次從上海開會回來，提起與他的好朋友史存

〔註 1〕張玉來、徐明軒，《論〈切韻〉語音性質的幾個問題》，《徐州師範學院學報》（哲學社會科學版），1991 年第 3 期，第 81 頁。

直先生的觀點分歧，他說在會間休息時曾主動與史先生討論《切韻》性質，然而史先生笑而不答。會後有幾位史先生的門生到賓館來拜望伯虔師，閒談中提到這個敏感話題，異口同聲主張《切韻》是古今南北雜湊的音系，並且舉出證據。先生聽他們講完之後說，任何語言的語音系統都有嚴整的結構規律，任何語言的語音系統都不可能不吸收其他語言的語音成分，這個基本觀點你們能接受嗎？既然沒有異議，陸法言和蕭、顏等人能夠把古代的語言成分和當時的南北方言成分雜湊成《切韻》這樣嚴整的語音系統嗎？不要說一千多年前的陸法言，即使當今通曉現代語音學的學者，誰能有這樣的本事？從語言學的常識講，說《切韻》是古今南北雜湊的音系本身就是一個自相矛盾的命題。那麼，又如何理解《切韻》中確實存在古代的語言成分和當時的南北方言成分呢？先生指出，《切韻》吸收這些語言成分並非雜亂無章地拼湊，而是嚴格按照《切韻》音系的結構規律有條不紊，按部就班，各就各位。外來語言成分與《切韻》不合的，必須按《切韻》音系的結構規律加以折合吸收，亦即《切韻序》所謂「參校方俗，考核古今，為之折衷」，這樣才能保持《切韻》嚴整的語音系統。史先生的門生們聽了都十分佩服，他們說，如果沒來拜望黃先生，會一直以為《切韻》是綜合音系，只是今後在學術上如何面對自己的導師呢？伯虔師說：「你們都是史先生的好學生，學生應當尊敬老師，更應當尊重真理。說句老話：『吾愛吾師，吾更愛真理』。」

1982 年 3 月，邵榮棻先生的《切韻研究》出版，伯虔師要我通讀全書，並寫一份讀書筆記。邵書以何超《晉書音義》反切音系作為論證《切韻》音系的語音基礎是洛陽話的證據，在聲韻兩方面都存在困難。就聲紐來看，陸法言時代北方人從邪兩紐判然有別，當時南方的金陵才是「以錢為涎」。《晉書音義》端知、泥娘（邵先生主張《切韻》泥娘分立）、從邪、精莊混切，而《切韻》從邪、精莊疆界分明，絕不混淆。

韻母方面困難更多。《晉書音義》反切系統東一等與冬不分，魚虞相混，之、脂、支開口不分，刪山混淆，覃與談，哈與泰的開口，皆與夬的開口都是相混的。這樣的含糊與《切韻》分韻的精審形成鮮明對比。就重紐而論，《晉書音義》僅有祭、質兩韻系的重紐能分，其他概不能分。不能設想，《切韻》的九個重紐韻系（伯虔師認為清韻系有重紐）僅過了一百多年就消磨殆盡了。邵先生既然認為支、脂、真、鹽四韻系重紐三、四等喉牙音的區別直到《古今

韻會舉要》中都還保留著（《古今韻會舉要》中所謂重紐的分別實際上是中古三、四等的分別），況且，唐代漢越語中《切韻》九個重紐韻系唇音的區別井然不亂（潘悟雲、朱曉農《漢越語和〈切韻〉唇音字》，《語言文字研究專輯》（上）），為什麼《晉書音義》卻無跡可尋？還有真臻、嚴凡的問題，這幾個韻系《晉書音義》不能分，《切韻》能分。邵先生主張《切韻》真臻相并、嚴凡合一，因為邵先生認為真與臻，嚴與凡，都「是在一定聲母條件下的異調異讀」。〔註2〕《晉書音義》這些韻的混淆似乎正好支持合併說，其實不然。

真臻與嚴凡性質不同。真韻系是三等寅類韻，臻韻系是獨立二等韻，嚴凡是開合不同的子類韻。陸法言為什麼不把臻櫛韻乾脆併入真韻系？臻、真莊組聲母字反切下字分組，證明在法言時代這兩個韻系韻母主元音音值顯然有別，這種區別很可能是二等變三等的歷史遺痕。臻韻主元音大約是[ɛ]，真韻主元音大約是[i]，二等臻由於聲母弱化帶出[i]，[i]又使它後面的[ɛ]高化，於是由[ɛn]變為[in]。臻韻莊組平入聲字由於語音演變的不平衡性，在《切韻》時代還是洪音，因此法言寧肯讓它們單獨分立，而不肯將洪細迥別的韻混為一談。至於嚴凡則完全是另一回事。嚴、凡兩韻系字數很少而法言卻讓它們自立門戶，是有道理的。從歷史源流看，嚴韻來自上古談部，凡韻來自上古侵部，源流本自不同。從上古到中古，漢語音韻在強弱不平衡中發展演化。〔註3〕在《切韻》音系中，嚴韻（弱聲強韻）是與鹽韻三等重紐 B 類（強聲弱韻）相配的子類韻，凡韻（弱聲強韻）是與侵韻三等重紐 B 類（強聲弱韻）相配的子類韻。它們之間疆界井然，不存在異調異讀問題。如將其合併，既違反了《切韻》審音辨韻原則，更破壞了嚴整的重紐體系。如果《切韻》音系的基礎真是一時一地的洛陽音，法言及八位學者大可不必作徹夜談，那還用得著論「南北是非，古今通塞」，用得著蕭、顏「多所決定」嗎？

在隋統一之前，中國社會長期出現南北對峙局面。北方的政治經濟中心在洛陽，南方則為金陵。永嘉之亂，懷愍亡塵，河洛故國之音，流播虎踞龍蟠之所。自茲而後，兩地音聲，積微而漸，分道揚鑣。自洛陽語音而言，已不復為河洛舊音原貌；從金陵語音考究，河洛古音已有變異。要得出一個真實反映河

〔註2〕邵榮棻，《切韻研究》（校訂本），中華書局，2008 年 12 月版，第 88 頁。
〔註3〕黃典誠，《漢語音韻在強弱不平衡律中發展》，載《黃典誠語言學論文集》，廈門大學出版社，2003 年 8 月版，第 47～91 頁。

洛舊音的音系,非得金陵與洛下互為參證不可。南音能辨則從南,北音能分則從北,故法言與蕭、顏等八位學者共同討論,斟酌取捨。顏之推何以知「南人以錢為涎,以石為射,以賤為羨,以是為舐」之非,所據是北音判然有別;又何以知「北人以庶為戍,以如為儒,以紫為姊,以洽為狎」之誤,依據的是南音界限分明。法言及八位學者所做的實質上是古河洛音系的恢復與重建工作,與「古今南北雜湊」是性質完全不同的兩回事。伯虔師打了一個比方,閩人的祖先把河洛舊鄉的語音從中原帶到閩地來,自福州與泉州分治,泉州依然保持舊音。後來由泉州分出漳州,閩南話內部開始分化。明末清初,廈門崛起,鴉片戰爭後閩南方言遂成泉、漳、廈鼎足三分之勢。要重建完整的古閩南方言音系,非得三地互為參證,斟酌取捨不可。這樣恢復重建的音系,能說它是「古今南北雜湊」嗎?

上文提到重紐,迄今對重紐三、四等區別的研究,不出韻母範圍,目前較多學者認為是介音的區別。邵先生認為重紐兩類的區別在於 i 介音的鬆緊,即重三與重四「介音的區別在於舌位略低略後一些」。〔註4〕這只是理論設想,要憑聽覺分辨介音的鬆緊實在不可能。但是顏之推在《顏氏家訓·音辭篇》裏說:「岐山當音為奇,江南皆呼為神祇之祇。」「岐」、「奇」同音而與「祇」不同音,可見重紐三、四等的區別是活生生的語音差別。說者宣諸唇吻,聽者耳熟能詳,這是介音鬆緊說無法解決的困難。

陸志韋先生《古音說略》首先提出知莊組與重紐三等為一類,精章組、日母與重紐四等為一類。歐陽國泰對原本《玉篇》殘卷重紐的研究印證了陸先生的這個結論。歐文指出:「根據《切韻》(王三)所作的統計,精章日三組用作重紐三、四等切下字的共 57 次,其中用作重紐三等的僅 11 次,占 20%弱,用作重紐四等的有 46 次,占 80%強。知莊組用作重紐三、四等切下字的共 10 次,其中 7 次用於重紐三等,3 次用於重紐四等。《萬象名義》這一點表現得尤為突出。根據周氏《音系》所列重紐切語統計,精章日三組作切下字的共 75 次,用於重紐三等的才 6 次,只占 8%;用於重紐四等的有 69 次,占 92%。知莊組出現 18 次,全部用於重紐三等。原本《玉篇》殘卷重紐切語中,精章日三組共出現 30 次,用於重紐三等的有 7 次,占 23%;用於重紐四等的有 23

〔註4〕邵榮棻,《切韻研究》(校訂本),中華書局,2008 年 12 月版,第 144 頁。

次，占 77%。知莊組共出現 12 次，用於重紐三等的共 11 次，占 92%，用於重紐四等的才 1 次，占 8%。」〔註5〕

邵先生不同意陸先生的結論，他主張重紐三等和舌齒音為一類，重紐四等單獨為一類。主要理由有：

1. 《古今韻會舉要》中，B 類（邵文指重紐三等）喉牙音和舌齒音同一字母韻，A 類（邵文指重紐四等）喉牙音獨立。

2. 《蒙古字韻》對音，B 類喉牙與舌齒同韻母，A 類喉牙對音不同。

3. 福州等地方言中，支、脂、真合口 B 類牙音與舌齒同韻母，A 類牙音韻母不同。〔註6〕

這些理由實際上都是靠不住的。

如果《切韻》重紐兩類的區別在於 i 介音的鬆緊，這在法言時代要憑耳朵分清重紐兩類已不可能，再過六百餘年之後這種「區別」竟然能保存在《古今韻會舉要》中，豈非咄咄怪事。那麼，《舉要》中支、脂、鹽的 B 類喉牙與舌齒音同一字母韻，A 類和獨立四等喉牙另屬一字母韻，這又如何解釋呢？

以中古支、脂兩韻系開口為例，它們在《古今韻會舉要》中的情況是按聲類的差別歸韻的，這是《舉要》的顯著特點。為了顯示聲母之間的差別，自然就出現了與各種聲母搭配的不同韻類。韻類代表字不同，《蒙古字韻》八思巴對音不同，不能證明韻母的實際音值有差別。具體說來，在「羈」、「雞」兩字母韻中，歸併趨勢主要是四等併入三等。重紐 A 類及齊韻系的喉牙音沒有列入「羈」字母韻，卻獨立為「雞」字母韻，自照顧中古「等」的角度而言，這種安排體現了中古支、脂兩韻系開口見組聲母下三、四等旳差別；從反映當時實際語音的角度著眼，則是用不同的字母韻的對立來顯示見組聲母的強弱之別。如果僅僅根據《蒙古字韻》的對音 ei、éue、ém 不同於 i、ue、em 就斷定 A、B 兩類韻母音值不同，那是不符合《舉要》語音的實際情況的。é 在《舉要》中的情況比較複雜，不過在支、脂韻系開口，它作為見組聲母齶化符號的性質是明顯的。《舉要》見組聲母已出現齶化證據有二：

1. 中古開口二等喉牙音下帶 i̯ 介音的韻與同來源但不帶 i 的構成對立。如

〔註5〕歐陽國泰，《原本〈玉篇〉殘卷反切考》，廈門大學研究生畢業論文，1984 年 10 月油印本，第 70 頁。

〔註6〕邵榮棻，《切韻研究》（校訂本），中華書局，2008 年 12 月版，第 82～84 頁。

「嘉ᴶa」與「牙a」。

2. 疑影二母在開口二等已變為喻 j、幺 ᴶ兩母，顯然為齶化音，與見溪曉匣構成對立。三等韻的情況亦復如是。

《舉要》把支、脂開口重紐 B 類喉牙音及 A 類唇音與舌齒音同列「羈」字母韻，證實了 A、B 兩類的音值沒有不同。看來《古今韻會舉要》對 A、B 兩類的排列法及《蒙古字韻》對音都難以成為邵先生分類的依據。

至於用福州等地方言中的一些開合例子，來說明重紐 A、B 兩類的區別，本來就很勉強，何況所舉例子又互相矛盾，這就更加顯示了這種分類法的不可靠。

在公認與《切韻》音系比較接近的閩南方言中，邵先生所舉福州等地 A、B 不同類的全部 16 個例字，毫無例外地一邊倒，完全沒有分組的端倪：

麕 ɡkun	窘 kunᵈ	均 ɡkun	鈞 ɡkun	春 ɡtsʻun	旬 ᵕsun
虧 ɡkʻui	跪 kuiᵈ	規 ɡkui		吹 ɡtsʻui（ɡtsʻe）	垂 ᵕsui（ᵕse）
龜 ɡkui	軌 ɡkui	葵 ɡkui		追 ɡtui	水 ᵈtsui

而注文中所舉的 6 個相反例子，也同福州附近的壽寧話以及閩南話相合：

	巾	銀	緊	因	陳	津
壽寧	ɡkyŋ	ᵕŋyŋ	ᵈkiŋ	ɡiŋ	ᵕtiŋ	ɡtsiŋ
閩南	ɡkun	ᵕgun	ɡkin	ɡin	ᵕtin（ᵕtan）	ɡtsin

對福州話中重紐 B 類獨立，A 類與舌齒音關係密切的現象，邵先生解釋說：「福州『陳』早期很可能是 [tyŋ]，後來在聲母 [t] 的影響下，變成了 [tiŋ]。這從福州『忍』讀 [yŋ] 也可以得到證明。」〔註7〕這種揣想是不符合福州話語音演變規律的。符合實際的說法應當是：「陳」、「忍」《切韻》時代韻母是 [-in]，福州與泉州分家後，閩南話仍然保持了《切韻》時代的 [-in]。今福州話無前鼻韻尾，[-n] 一律變為 [-ŋ]，故福州的「忍」本來是 [-in]，一變為 [-iŋ]，再變為 [-yŋ]，這可以從福州的「人」、「仁」仍讀 [-iŋ] 得到證明。而且福州附近的壽寧、福安「人、仁、刃」也讀 [-iŋ]，「忍」讀 [nyŋ]，「認」讀 [niŋ]，這說明福州的「忍」讀 [-yŋ] 是後起的。也就是說，福州「陳」讀 [tiŋ] 絕不是由 [tyŋ] 變來的。這樣一來，福建諸多方言中三等重紐 B 類獨立，A 類與舌齒音同類的

〔註7〕邵榮棻，《切韻研究》（校訂本），中華書局，2008 年 12 月版，第 84 頁注①。

語言事實，就成了邵先生分類難以迴避的嚴重障礙。

　　邵先生列出的統計材料表明，重紐 A 類所用舌齒音切下字比 B 類所用舌齒音切下字多得多，這是合乎事實的。但是，認為舌齒音用 B 類切下字多於用 A 類切下字就值得考究了。現據李榮先生《切韻音系》提供的《王三》反切材料統計如下：

		舌齒音字反切數	舌齒音字用重紐 A 類作切下字的反切數	舌齒音字用重紐 B 類作切下字的反切數
韻目	支	72	12	21
	脂	67	5	6
	祭	21	0	1
	真	94	14	1
	仙	105	31	9
	宵	35	8	0
	侵	67	1	11
	鹽	44	9	1
總計數		505	80	50
所佔百分比			16%	10%

　　依據同樣的材料，得到的統計結果卻不一樣，原因何在？原來邵先生是把喻母三、四等排除在重紐之外進行統計的。喻母三、四等在寅類韻中體現了重紐兩類聲母的強弱之勢，喻三較強，喻四齶化。唐代漢越語中《切韻》重紐 B 類唇音字保持獨立，A 類唇音大部分變為舌齒音的事實，也表明《切韻》重紐 A 類是齶化聲母。這是很有啟發性的。重紐的區別既然只在唇牙喉，唯獨把喻母排除在喉音之外是說不過去的。

　　伯虔師根據上古諧聲及《切韻》反切異文又音等材料，揭示了重紐的秘密：重紐 A、B 兩類的區別不在上古來源的不同，也不在 i 介音的鬆緊，而在於重紐 B 類是與弱聲強韻的子類韻相對的強聲弱韻；重紐 A 類是與強聲弱韻的獨立四等相對的弱聲強韻。這樣，重紐 A、B 兩類的區別就體現在聲母上。重紐 B 類聲母比較強，是非齶化的；重紐 A 類聲母比較弱，是齶化的。〔註 8〕重紐韻與子類韻及獨立四等韻的具體配合情況如下表：

〔註 8〕黃典誠，《切韻綜合研究》，廈門大學出版社，1994 年 1 月版，第 129～160 頁。

上古《詩》音韻部	中古《切韻》韻目	重紐韻與子類韻及獨立四等韻的配合情況
脂微	脂	脂韻重紐 B 類強聲弱韻——三等純韻微韻弱聲強韻； 脂韻重紐 A 類弱聲強韻——獨立四等齊韻強聲弱韻。
支歌	支	支韻重紐 B 類強聲弱韻——三等純韻歌韻三等弱聲強韻； 支韻重紐 A 類弱聲強韻——獨立四等齊韻強聲弱韻。
曷質	祭	祭韻重紐 B 類強聲弱韻——三等純韻廢韻弱聲強韻； 祭韻重紐 A 類弱聲強韻——獨立四等屑韻強聲弱韻。
真文	真	真韻重紐 B 類強聲弱韻——三等純韻殷、文韻弱聲強韻； 真韻重紐 A 類弱聲強韻——獨立四等先韻強聲弱韻。
真寒	仙	仙韻重紐 B 類強聲弱韻——三等純韻元韻弱聲強韻； 仙韻重紐 A 類弱聲強韻——獨立四等先韻強聲弱韻。
豪蕭	宵	宵韻重紐 B 類強聲弱韻——三等純韻幽韻弱聲強韻； 宵韻重紐 A 類弱聲強韻——獨立四等蕭韻強聲弱韻。
青陽	清	庚韻三等強聲弱韻——三等純韻陽韻合口弱聲強韻； 清韻唇牙喉弱聲強韻——獨立四等青韻強聲弱韻。
談添	鹽	鹽韻重紐 B 類強聲弱韻——三等純韻嚴韻弱聲強韻； 鹽韻重紐 A 類弱聲強韻——獨立四等添韻強聲弱韻。
侵添	侵	侵韻重紐 B 類強聲弱韻——三等純韻凡韻弱聲強韻； 侵韻重紐 A 類弱聲強韻——獨立四等添韻強聲弱韻。

　　邵先生因為顏之推不同意呂靜《韻集》把「益」、「石」分為兩韻，就認為《切韻》是屬清韻系重紐已經合併了的那種方言。[註9] 其實，「益」、「石」在《切韻》中併為一韻非但不能說明清韻系重紐兩類已經合併，反而有力地證明了清韻系一定是重紐韻系。如上表所示，重紐韻自上古來源而言，都不是純韻，一般是二元的混合。「益」來自上古錫部細音，「石」來自上古鐸部細音，源流本自不同，中古皆歸入《切韻》昔韻，可見清昔韻是雜韻。何況清昔韻唇牙喉還有強聲弱韻的青錫韻唇牙喉與之構成兩讀，而強聲弱韻的庚韻三等唇牙喉又有弱聲強韻的陽韻合口三等唇牙喉與之構成又音。更何況清韻系入聲字還有對立。即使入聲字對立不可靠，清韻系也還是重紐韻系，就在於它符合《切韻》音系重紐韻系所應具備的條件。

　　邵先生猜想幽韻系早期可能是尤韻系的重紐四等。[註10] 按照韻圖「開合不同則分圖，洪細有別則列等」的分圖立等原則，幽韻系與尤韻系同是開口，

〔註9〕邵榮棻，《切韻研究》（校訂本），中華書局，2008 年 12 月版，第 85 頁。
〔註10〕邵榮棻，《切韻研究》（校訂本），中華書局，2008 年 12 月版，第 86 頁。

不便另闢一圖安排幽韻系，正好第 37 圖四等列圍空著，所以將幽韻系置於四等實乃方便之舉，並非暗示它與尤韻系有什麼重紐關係。但幽韻系作為與宵韻系重紐 B 類相配的獨立三等，有兩點應予說明：

1. 《切韻》三等子類韻原有的舌齒音原則上都混入寅類舌齒，只有唇牙喉保持獨立。但語音的變化往往不是整齊劃一的，或多或少留有一些歷史音變的痕跡，幽韻系的幾個舌齒音字可視為這種混並的殘餘。

2. 《切韻》重紐一般是開合對立，其重紐 B 類相對的子類唇音是非敷奉微。但宵韻重紐是無對立的開口，則其重紐 B 類相對的子類唇音即為幫滂並明。幽韻系之唇音聲組是幫滂並明而不能變為非敷奉微，與其韻尾 u 不無關係。按漢語發音習慣，韻尾為 u 則其韻頭不易產生 iu，難於變合口，所以不能出現非敷奉微聲組。

有關《切韻》值得討論，值得探究的問題還很多。伯虔師給了我進入音韻迷宮的鑰匙，可我三十餘年來所涉甚雜，至今還在迷宮門口徘徊，實在有負先生的苦心教誨。謹以此文寄託對先生的深切懷念。

原載廈門大學出版社，2013 年 10 月版《黃典誠教授百年誕辰論文集》，原標題：音韻迷宮的鑰匙。

「䜌」字探源

摘　要

　　「䜌」、「亂」古文同形是長期混淆不清的問題。實際上，這兩個漢字戰國時期以前形體、聲音和意義都不同。金文「䜌」源自甲骨文「系」，而「亂」最初的字形是甲骨文「𤔔」。戰國時期這兩個漢字有的形體完全相同，因而「䜌」承擔了「亂」的意義，造成它們是同一個詞的誤會。

關鍵詞：䜌；亂；古文；同形

　　《說文·言部》：「䜌。亂也。一曰治也。一曰不絕也。從言、絲。𤔔，古文䜌。」段玉裁《說文解字注》云：「與《爪部》『爰』（筆者按：當為《受部》）、《乙部》『亂』，音義皆同。」張舜徽《說文解字約注》卷廿八「亂」字條進一步認為：「此篆與《言部》『䜌』、《受部』『爰』，實即一字。魏三體石經古文『亂』作『𤔔』，與『䜌』之古文正同。『亂』即『爰』之增偏旁體耳。」〔註1〕孫德宣《美惡同辭例釋》引林義光《文源》為據，發表了不同意見：「依林氏的說法則『亂』、『䜌』字異，音義迴別，顯然不是一個詞。然其訛變起於晚周，非自隸變始。此論可備一說，確否還有待於對『亂』、『䜌』等字形音義的嬗變作進一步的研究。」〔註2〕

〔註1〕張舜徽，《說文解字約注》[M]，鄭州：中州書畫社，1983年。
〔註2〕孫德宣，《美惡同辭例釋》[J]，《中國語文》，1983年（2），第112～119頁。

的確，「亂」、「䜌」兩字形音義的來源及嬗變是一個需要深入探討的課題。拙文《說「亂」》(《古漢語研究》1998 年第 1 期)已對「亂」字形音義的來源及嬗變進行了全面考察，確證「亂」、「䜌」不是同一個詞。本文擬對「䜌」字形音義的來源深入考察，為解決長期以來混淆不清的「亂」、「䜌」古文同形問題提供一條思路。

一、字形來源

金文「䜌」最早的字形確如《說文》所云從言、絲。目前所見西周中期孝王時的㝬簋銘文「䜌」中部的「言」作「㗊」，與甲骨文的「言」相同；晚期在上面增加了一劃，如宣王時虢季子白盤銘文作「㗊」。西周以降的銅器銘文「言」作「㗊」是常態，但直到戰國時期，有的「言」仍然保持早期寫法，如戰國陶文「䜌」(《香錄》三・二)中部的「㗊」就是早期的結構。奇怪的是，有些以「䜌」為構形部件的古文字，其中「䜌」的形體與金文不一樣。《璽匯》「䜌」作「㗊」(○四一五)，上部不是「䜌」的金文字形而是「㗊」，像兩束絲相連。強運開《說文古籀三補》收古璽文「戀」作「㗊」，從㗊從廿，上部也不是「䜌」的金文字形。《古文四聲韻》卷一的「彎」、卷四的「孿」，上部都作「㗊」，不作「䜌」。「㗊」與「系」的第一期甲骨文「㗊」(《林》二・一二・一○)、第四期甲骨文「㗊」(《粹》一一二)非常相似，像手引束絲之形。有的字形省去上部的手，如第一期甲骨文「㗊」(《合》四三五)，與古璽文「戀」字上部的「㗊」構形原理一致。甲骨文「㗊」是「㗊」的簡體，由此推論「㗊」也應是「㗊」的簡體。

這樣，「䜌」的古字形明顯地表現為兩種類型：一類從系聯的束絲；另一類則從言、絲。這兩類字形都與絲有關，應當有共同的來源。在目前已公布的甲骨文材料中，還沒有發現與金文「䜌」相似的字形，由於古璽文和《古文四聲韻》「戀、彎、孿」的古字形上部都與「系」的甲骨文字形一脈相承，因而從言、絲的「䜌」也可能是「系」的甲骨文字形分化嬗變的結果。

「言」的甲骨文字形從㗊從口，通常刻作「㗊」，偶而也刻作「㗊」，如第一期甲骨文就有「㗊」(《合》四六七)。用刀如果圓滑一些，「㗊」就很容易刻為「㗊」。同理，刻「㗊(幺)」時如果生硬些，也很容易刻為「㗊」，這就難免「言」與「幺」相互混淆。造字之初，「幺、糸」並無不同，甲骨文作「㗊」

（《粹》八一六）、「●」（《甲》三五七六）、「●」（《乙》五三九七）、「●」（《京》
四四八七）、「●」（《乙》一二四）等形。《說文・糸部》云「糸，細絲也，象
束絲之形」，所以，「幺」的造字本義也是成束的細絲。《汗簡・言部》的「諷、
試、謁」三字，左偏旁不作「言」而作「●」，與「糸（幺）」的《說文》古文
及甲骨文字形完全一模一樣。這是「言」訛為「糸（幺）」的證據。《汗簡》
「言」又作「●」、「●」，與「玄」的《說文》古文「●」形近。《汗簡・行部》
的「術」字中部的「玄」作「●」（言），由此可以推斷金文「䜌」中部的「言」
是甲骨文「●」中部的「●」訛變而來。《古文四聲韻》所收「攣」字上部的
「言」既作「●」，又作「●」；「變」字上部的「言」作「●」；「戀」字上部
的「言」作「●」；而「䜌、變」兩字的上部則分別作「●、●」。《古文四聲
韻》所收作為構形部件的「䜌」中部的「言」竟然有六種不同的古文形體，其
中「䜌、變」上部的「●、●」還保持著甲骨文「糸（幺）」的構形元素，而其
他各字上部居中的「糸（幺）」構形元素已經面目全非，變得同「言」的古字
形完全一樣了。「糸（幺）」與「言」的古字形相混並非孤立的現象，《古文四
聲韻》引古《孝經》「亂」字上部作「●」，下部作「●」，中部作「●」；引
《道德經》、古《尚書》和《籀韻》，「亂」字的上部與下部同古《孝經》一樣，
但中部依次為「●、●、●」，作為「亂」字構件的「幺」，分別寫為「●、
●、言」。除「亂」的古文字形構件「幺」寫為「●」之外，長沙子彈庫楚帛
書的「●（幺）」也寫作「●」。《集古文韻・琰部》「諂」字的左偏旁「言」也
有「●、●」兩種寫法，可見「糸（幺）」訛為「言」是較為普遍的現象。這
樣，「糸（幺）、言」古文同形就為甲骨文「系」分化出金文「䜌」提供了有力
的證據。從言、絲的金文「䜌」是從第一期的甲骨文「系（●）」訛變而來。

《說文・言部》以「●」為「䜌」的古文，這個古文形體是「系」之甲骨
文字形「●」的遺緒。「系」的甲骨文字形在商代晚期有的已添加了羨劃符號，
如第五期甲骨文《摭續》一八一的「系」就是在「●」下加「止」而成的。
《古文四聲韻》「攣」字上部的「䜌」作「●」，「變」字上部的「䜌」作「●」，
都沒有下部的「又」，可見「䜌」的古文「●」下部的「又」是後來添加的。
這與「鬲」字的情況相似。「鬲」甲骨文作「●」（見《南南》一・一八二「斯」
字的左偏旁），而金文在下部加「又」就成了「●」（《召伯簋》、《瑚生簋》銘）。
據此可知，「䜌」的金文和古文這兩類古字形都源於「系」之甲骨文的不同形

體。至於今文「系」，小篆作「？」，它是由「系」的另一類甲骨文字形變來。第一期甲骨文「？」（《存》二·一九二）省去系聯束絲的橫線就變為第二期甲骨文「？」（《粹》三七六）。而《說文·系部》以「？」為「系」的籀文，這個籀文正是甲骨文「？」的異體。古文字「幺、糸」互通，如「糸」的甲骨文有「？、？、？、？」多種形體，《古文四聲韻》「線、絹」兩字的左偏旁均「？、？」兩作，可見「？、？」是一對異體字。籀文「？」省去一束絲就簡化為小篆「？」，小篆字形上部的「？」，是「？」的省寫。「繇、？、系」形雖異而源實同，它們都是從甲骨文「系」的不同形體「？、？、？」嬗變而來的同源字。

二、音義考察

「系」，徐鉉音胡計切，上古為匣紐錫部入聲字。由於它的甲骨文字形「？」中部的「幺」訛變為「言」而分化出新字，「繇」因此而獲得了新的讀音。《說文》認為「繇」從言、絲，實際上，甲骨文形體從一連三束絲這個會意字已變成了從絲言聲的形聲字。徐鉉給「繇」字的注音是呂員切，上古音韻地位應為來紐寒部平聲字，與它的聲符「言」同部同調。就讀音看，「繇」與它的母體「系」聲韻調皆異，完全是兩個不同的詞。但「繇」從「系」脫胎而來，它的意義與「系」有一定的聯繫。《說文》訓「系」為「繫」。「系」在卜辭中多作「？」，隸定為「？」，有四種意義：

（一）繫屬物品之意

1. 乙未飲？品上甲……（《粹》一一二）

2. 甲戌卜，王曰貞：物告於帝丁不？。（《粹》三七六）

（二）人名

1. 乞自嵒，廿夕。小臣中氏。？。（《前》七·七·二）

2. 壬午卜，貞：令？。（《前》五·三六·六）

（三）祭名

1. 丁巳卜，宁貞：奏？於東？（《乙》六七〇八）

2. 辛亥貞：之夕乙亥，肜？，立中。（《粹》三九八）

（四）族名或方國名

1. 乎犬、？於京。（《續》六·七·九）

2. 㗊方叀虘方作……（《鄴》三下・四三・四）

丁山認為「王國維釋『㗊』為『䜌』，是為正碻。」（《殷商氏族方國志》）卜辭的「㗊方」，陳夢家疑即「䜌方」（《殷虛卜辭綜述》）。「䜌」在銅器銘文裏的運用情況印證王、陳兩位先生的意見完全正確。銅器銘文裏的「䜌」有如下意義：

（一）對少數民族的稱呼

《虢季子白盤》銘：「王錫乘馬，是用左王。錫用弓、彤矢，其央。錫用戉，用政䜌方。」「䜌」借為「蠻方」之「蠻」。「蠻方」，《秦公鎛》銘作「䜌方」，《牆盤》銘作「方䜌」，《秦公簋》銘作「䜌夏」，與卜辭的「㗊方」一脈相承。

（二）借為「變」

《散氏盤》銘：「矢卑鬵、且舝，旅誓曰：『我既付散氏田器，有爽失，余有散氏心賊，則爰千罰千，傳棄之。』迺俾西宮襄、武父誓曰：『我既付散氏濕田牆田，余有爽䜌，爰千罰千。』」「䜌」是「䜌」的異體，銅器銘文往往有加「宀」的異體字：如《瘋鍾》銘的「殷」，《豐尊》銘作「宬」；《牆盤》銘的「辟」，《盠盨》銘則作「𡧤」。銘文「有爽失」與「有爽䜌」同類對舉，意義相近，都有「失實」、「差錯」之意。容庚、張維持《殷周青銅器通論》（文物出版社 1984）第 92 頁，洪家義《金文選注繹》（江蘇教育出版社 1988）第 308 頁都定「䜌」為「變」，可從。

（三）借為「鑾」

《趞曹鼎》銘：「易趞曹𥎦市、囘黃、䜌。」「䜌」即「鑾鈴」。

（四）借為「孌」

《中伯壺》銘：「中白乍親姬䜌人壺。」「親姬䜌人」即「親姬孌人」。《詩・邶風・泉水》「孌彼諸姬」毛亨傳：「孌，好貌。」

（五）借為「欒」

用為人名。如《宋公䜌戈》銘：「宋公䜌之賠戈。」宋景公名欒。也用為姓氏。如「䜌左軍戈」、「䜌書缶」銘文之「欒左軍、欒書」都是晉國姬姓的欒氏。

通覽兩周銅器銘文，未見「䜌」有《說文》所訓「亂」、「治」二義的用例。而《說文》所收以「䜌」為構形部件的字，大都還不同程度地保持著「系」在

卜辭中的「繫屬」之義。例如：

《手部》:「攣，係也。」「係」有系聯不絕義。

《木部》:「欒，木似欄。」段玉裁注:「欄者，今之楝字。借為圜曲之稱，如鍾角曰欒，屋曲枅曰欒，是。」圜曲之物必宛轉系聯。

《欠部》:「䜌欠，欠貌。」又「欠，張口氣悟也，象氣从人上出之形。」人欠張口則氣連。

《水部》:「灓，漏流也。」漏流則水連。

《女部》:「孌，慕也。」慕則心有所系聯。

《子部》:「孿，一乳兩子也。」孿生有連偶義。

《金部》:「鑾，人君乘車四馬鑣八鑾。鈴象鸞鳥聲和則敬也。」段注:「鑣者，馬銜也。銜者，馬勒口中也……為鈴繫於馬銜之兩邊，聲中五音似鸞鳥，故曰鑾。」繫於馬銜兩邊之鈴謂之鑾，是「鑾」有連偶義。

《弓部》:「彎，持弓關矢也。」段注:「凡兩相交曰關，如以木橫持兩扉，矢栝檃於弦而鏑出弓背外，是兩端相交也。」持弓關矢則弓矢兩相交，是「彎」有連偶義。

《斗部》:「䜌斗，杼滿也。」段注:「扇，各本作滿，誤。玄應作漏為是。依許義當作扇，謂抒而扇之有所注也。」漏注之物必如流，是「䜌斗」有連續不絕義。

《日部》:「曫，日且昏時。」段注:「且，各本作旦，今正。昏訓冥。莫訓日且冥，則曫即莫也。」「日且冥」意為天色快要昏暗，指黃昏，是銜接白天與夜晚的過渡時段，故「曫」也有連續不斷義。

《𠬜部》:「變，樊也。」段注:「此與手部攣音義皆同。《玉篇》云：攣，變也。」「攣」、「攣」有系聯義，是「變」也有系聯義。

《山部》:「巒，山小而銳。」段注:「劉淵林注《蜀都賦》曰:『巒，山長而狹也。』一曰山小而銳也。」《說文》此訓未知所據。《爾雅·釋山》「巒，山墮」郭璞注:「謂山形長狹者，荊州謂之巒。」《正字通·山部》:「巒，聯山也，山迂迴綿連曰巒。」長狹之山必綿延，據郭注則「巒」有系聯不絕義。

《龍龕手鏡·䜌部》云:「䜌，南䜌，縣名，在鉅鹿郡也。」《廣韻·桓韻》也說:「䜌，南䜌縣，在鉅鹿。」隻字未提「䜌」有「亂」、「治」二義。《玉篇·言部》承襲《說文》義訓，認為「䜌」有「亂也，理也，不絕也」三義，但沒

有任何文獻用例為證。《漢語大字典》第 3461 頁系部「絲」字條下列五個義項：1. 亂。2. 治。3. 連續不斷。4. 系。5. 姓。前兩個義項列舉了《說文》、《玉篇》的義訓同樣沒有文獻用例。自東漢以降，歷代字典辭書所列「絲」的「亂」、「治」二義皆源於《說文》卻沒有任何用例資證。事實是，無論傳世典籍還是出土文獻，目前都沒有用例支持《說文》對「絲」的「亂」、「治」二訓。那麼，「絲」的「亂」、「治」二義從何而來呢？

三、同形寄義

「絲」、「亂」相混的困惑不自清儒始，宋代賈昌朝《群經音辨》卷七云：「乿，古文《尚書》『治』字也。𤔌、𤔔、𤲬，古文『亂』字也。孔安國訓『亂』曰『治』。按許叔重《說文》無『乿』字，以『𤔔』為古『絲』字（呂員切）曰：『亂也。一曰治也……』經典大抵以『亂』為不理，亦或為理。夫理亂之義善惡相反，而以理訓亂，可惑焉。」〔註3〕賈昌朝認為「𤔔」是古文「亂」字，而《說文》又以「𤔔」為古「絲」字，且有「亂」、「治」二訓，這不能不令人深感困惑。「亂」、「絲」相混原因何在？

「絲」的古文《說文》作「」，「亂」的古文魏三體石經《書·無逸》作「」，字形逼似。《古文四聲韻》卷四引古《孝經》的「亂」與《汗簡·爪部》所收的「絲」都作「」，字形完全一樣。儘管從造字本義到文獻用例，都不能支持《說文》對「絲」的「亂」、「治」二訓，但由於「絲」、「亂」古文同形，而且兩字音近，「亂」的「紊亂」、「治理」二義完全可以毫無滯礙地附寄到「絲」的頭上。雖然缺乏「絲」有「亂」、「治」二義的直接文獻用例，但《說文》裏卻有間接表示「絲」有「亂」、「治」二義的例子。《說文·門部》：「闌，妄入宮掖也。從門絲聲。」《玉篇·門部》：「闌，妄也。無符傳出入為闌。」《廣韻·寒韻》：「闌，妄入宮門。」「妄」與「亂」義近，證「絲」不僅表音，且兼有「亂」義。《說文·肉部》：「臠，臞也。從肉絲聲。一曰切肉臠也。《詩》曰：棘人臠臠兮。」段注：「依《廣韻》訂：切肉曰臠。」《廣韻·獮韻》：「臠，肉臠。《說文》曰：臞也。一曰切肉也。」「切」作動詞與「治」義近，證「絲」有「治」義。許慎引《詩》為證，表明「臠」早在春秋時期已有「臞」義，則

〔註3〕 ［宋］賈昌朝，《群經音辨》［M］，北京：古典文學出版社，1957 年。

「切肉」顯見為後起義。

　　「絲」作為構形的聲符雖有「亂」、「治」二義，但於先秦無文獻實證，因此，「絲」的「亂」、「治」二義的萌芽，不會早於戰國時期。而「絲」、「亂」古文字形的混同，正是發生在戰國時期，這就為「亂」、「治」二義借「絲」、「亂」古文同形附寄於「絲」提供了便利。《詩·大雅·公劉》「涉渭為亂」孔穎達疏：「正絕流曰亂……水以流為順，橫度則絕其流，故為亂。」〔註4〕可見「正絕流」是「紊亂」之「亂」的引申義。《龍龕手鏡·絲部》去聲：「䜌，音亂，絕水度。」而《說文·水部》訓「䜌」為「漏流」，可知「䜌」本與「絕水度」義毫不相干，它的「絕水度」義正是「亂」「正絕流」義的移附。可見「亂」的意義附寄於「絲」有一定的文獻依據。

　　「絲」、「亂」古文形雖同而源實異。「絲」之《說文》古文「🔣」是「系」之甲骨文字形「🔣」的遺緒；而「亂」之魏三體石經古文「🔣」則肇自西周晚期《毛公鼎》銘「䜌」字的異體「🔣」。〔註5〕睡虎地秦墓《日書》甲種第5號簡（正面）以及湖北荊門包山楚墓第192號簡的「䜌」都作「🔣」，保留了《毛公鼎》銘「䜌」的異體字「🔣」兩旁的四「口」。湖北荊門郭店楚簡「䜌（亂）」既作「🔣」（《尊六》）、「🔣」（《尊二五》），又作「🔣」（成三二），〔註6〕顯示戰國時期在楚國，「䜌（亂）」的字形上部正處於由「🔣」變「🔣」，再向「🔣」嬗變的階段。長沙子彈庫楚帛書和魏三體石經《書·無逸》的「䜌（亂）」都作「🔣」，兩旁的「吕」變為「𠃌」。如本文第一部分所論，「𠃌」極易與「𠆢、𠂆、言」相混，這樣，就產生了多個古文異體。《古文四聲韻》卷四收「䜌（亂）」的異體字10個，《汗簡》收2個。其中《汗簡·爪部》所收「䜌（亂）」的一個古文與《說文·言部》所收「䜌」的古文「🔣」同形；《汗簡·爪部》所收「絲」的古文與《古文四聲韻》卷四所收古《孝經》「䜌（亂）」的古文「🔣」同形。同形字給詞義辨別帶來極大的困難，「䜌（亂）」義「絲」承實出於戰國古文同形而附寄。這就是《說文》「絲」有「亂」、「治」、「不絕」三義，而前

〔註4〕〔清〕阮元校刻，《十三經注疏》[M]，北京：中華書局，1980年，第543頁。

〔註5〕容庚編著，張振林、馬國權摹補，《金文編》[M]，北京：中華書局，1985年，第273頁。

〔註6〕張守中、張小滄、郝建文，《郭店楚簡文字編》[M]，北京：文物出版社，2000年，第195頁。

兩義查無先秦直接文獻用例的原因。何琳儀《戰國古文字典——戰國文字聲系》「䜌」字條認為：「所謂『不絕』應是『䜌』之本義，即『𢆶』之本義。『𢆶、䜌、聯』一字之孳乳。『𤔔』為『𤔐』之譌變（品譌作𢆶），『亂』之異文。故『䜌』訓亂，訓治，實乃借『䜌』為『亂』。」〔註7〕確為不刊之論。

參考文獻

1. ［漢］許慎，《說文解字》［M］，北京：中華書局，1963 年。
2. ［清］段玉裁，《說文解字注》［M］，上海：上海古籍出版社，1981 年。
3. ［宋］郭忠恕、夏竦編，李零、劉新光整理，《汗簡、古文四聲韻》［M］，北京：中華書局，1983 年。
4. 徐中舒，《甲骨文字典》［M］，成都：四川辭書出版社，1987 年。
5. 中國社會科學院考古研究所編，《甲骨文編》［M］，北京：中華書局，1965 年。
6. 容庚編著，張振林、馬國權摹補，《金文編》［M］，北京：中華書局，1985 年。
7. 睡虎地秦墓竹簡整理小組，《睡虎地秦墓竹簡》［M］，北京：文物出版社，1978 年。
8. 張守中，《包山楚簡文字編》［M］，北京：文物出版社，1996 年。
9. 張守中、張小滄、郝建文，《郭店楚簡文字編》［M］，北京：文物出版社，2000 年。

此稿始撰於 1996 年 5 月，定稿於 2020 年 5 月 26 日。

〔註7〕何琳儀，《戰國古文字典——戰國文字聲系》［M］，北京：中華書局，1998 年第 1037 頁。

《左傳》父系親屬稱謂詞初探

摘　要

　　全面考察《左傳》父系親屬稱謂詞的語義結構、出現頻率、指稱範疇、語法結構與功能，展現出整個系統的基本面貌。這個系統由七個輩份層次構成，指稱男性親屬的語義細緻豐富，它們有 12 種指稱範疇。「子」是出現頻率最高構詞能力最強的語詞。

關鍵詞：左傳；父系親屬；稱謂詞

　　《左傳》親屬稱謂詞是中國春秋末期人際關係在宗法血緣方面的真實映現，它與《詩經》是研究春秋時期中國家族親屬系統特徵在散文與韻文兩方面的重要依據，在語言學和文化學上具有不可替代的價值，然而學界至今尚無對此專題加以全面研究的著述。《左傳》親屬稱謂詞分為父系、母系、夫系、妻系四個系統，其中父系親屬稱謂詞系統在宗法血緣方面具有代表性。全面考察《左傳》父系親屬稱謂詞的語義結構、出現頻率、指稱範疇、語法結構與功能，可以展現出整個系統的基本面貌。

一、語義結構

　　《左傳》全部親屬稱謂詞 152 個共有 148 個義項。其中 99 個父系親屬稱謂詞的語義有 85 項，佔義項總數的 57.4%。有些親屬稱謂詞具有相同的語義，而

有的親屬稱謂詞具有多項語義，其中非親屬稱謂的語義以及母系、夫系、妻系
稱謂詞當另文討論。確定 99 個父系親屬稱謂詞的語義，主要依據《左傳》文
本、晉杜預注、唐孔穎達疏，並參考楊伯峻、徐提編的《春秋左傳詞典》。為節
省篇幅，除少數特例之外，一律略去論證文字。茲將考訂的義項排列如下：

烈祖：始祖。

祖、皇祖、祖考、祖妣、高祖、先、先子：祖先。

先公：諸侯之祖先曾為國君者。

先主：卿大夫稱其已逝的父親或祖先。

先守：諸侯對天子稱其曾為君主的父親或祖先。

先臣：臣下對本國或他國稱其父祖以上嘗為卿大夫者。

先人：a. 祖先；b. 父親。《宣公 15 年》：「余而所嫁婦人之父也，爾用先人
之治命，余是以報」。「爾」即魏顆，「先人」即魏顆的父親魏武子。

文祖：繼業守文之祖父。《哀公 2 年》「文祖襄公」杜注：「繼業守文故曰文
祖。蒯聵，襄公之孫。」衛大子蒯聵稱其祖父襄公為文祖。

君祖母：諸侯稱其嫡祖母。

父：父親。

君父：諸侯之子稱其父。

親戚：a. 父親；b. 同族之親者。

伯父：天子稱同姓諸侯，諸侯稱同姓大臣。

叔：年紀輕的，排行後的父輩男性。

叔父：父親的弟弟。

姑：姑母。

諸姑：父親的姐妹。

姑姊：父親的姐姐。

姑姊妹：父親的姐姐和妹妹。

兄、昆：哥哥。

伯：排行第一的兄長。

仲：排行第二的兄弟姊妹。

弟、母弟：同胞弟弟。

貴介弟：高貴的弟弟。

寵弟：偏愛的弟弟。

季：排行最末的弟弟或兒子。

季弟：排行最末的弟弟。

外弟：異父同母弟。

從兄：共祖之兄。

從弟：共祖之弟。

姊：姐姐。

伯姊：大姐。

妹：妹妹。

外妹：異父同母妹。

姒：妯娌之年長於己者。

長叔姒：年齡最大的弟婦。

兄弟、昆弟：同姓同宗的國家或親族。

子：a. 兒子；b. 女兒；c. 後代。

男：兒子。

元子：大兒子。

大子、世子：諸侯子輩之繼位者。

宗子、宗主：嫡長子。

冢子、冢適：諸侯的嫡長子。

嫡、嫡子、適、適子：正妻生的兒子。

嗣、嗣子：繼承父位的兒子。

嗣適、適嗣：嫡子當嗣位為君者。

王子：諸侯的兒子。

公子：諸侯除太子之外的兒子。

人子：a. 兒子；b. 別人的兒子。

孝子：孝順父母的兒子。

愛：偏愛的兒子。

愛子：寵愛的兒女。

孽子：非嫡而被寵愛的兒子。

寵子：喜愛的兒子。

門子、門官：卿的正妻生的兒子。

庶、庶子：非正妻的配偶生的兒子。

余子：a. 嫡子的同母弟。b. 妾生的兒子。

從子：同祖之姪輩。

公族：國君宗室子弟。

婦：兒子的配偶。

女、女子：女兒。

元女：大女兒。

公女：諸侯的女兒。

女公子：諸侯之女未嫁者。

壻：女兒的丈夫。

姪：姑母稱自己兄弟的子女。

亞：兩壻相謂。

甥：姊妹之子。

彌甥：親屬關係較遠之甥。

孫：a. 孫兒；b. 後代。

昆孫：兄之孫。

從孫甥：姊妹之孫。

子孫：後代。

曾孫、玄孫：遙遠的後代。

才子：後代。

不才子：不好的後代。

宗族：同宗同族的人。

長親：親族中年長者。

以上語義按指稱的輩份可分為 7 個層次：

A. 稱祖先的：祖、烈祖、皇祖、祖考、祖妣、高祖、先、先子、先公、先主、先守、先臣、先人 a；

B. 稱祖父輩的：文祖、君祖母；

C. 稱父輩的：父、君父、親戚 a、先人 b、伯父、叔、叔父、姑、諸姑、姑姊、姑姊妹；

D. 稱同輩的：兄、昆、伯、仲、弟、母弟、余子a、貴介弟、寵弟、季、季弟、外弟、從兄、從弟、姊、伯姊、妹、外妹、姒、長叔姒、兄弟、昆弟；

E. 稱子輩的：子a、男、元子、大子、世子、宗子、宗主、冢子、冢適、嫡、嫡子、適、適子、嗣、嗣子、嗣適、適嗣、王子、公子、人子a、人子b、孝子、愛、愛子、嬖子、寵子、門子、門官、庶、庶子、余子b、從子、公族、婦、女、子b、女子、元女、公女、女公子、壻、姪、亞、甥、彌甥；

F. 稱孫輩的：孫a、昆孫、從孫甥；

G. 稱後代的：子c、孫b、子孫、曾孫、玄孫、才子、不才子。

其中，「宗族」、「長親」、「親戚b」這三項語義不受輩份限制。

據此可以繪出《左傳》父系親屬稱謂結構示意圖：

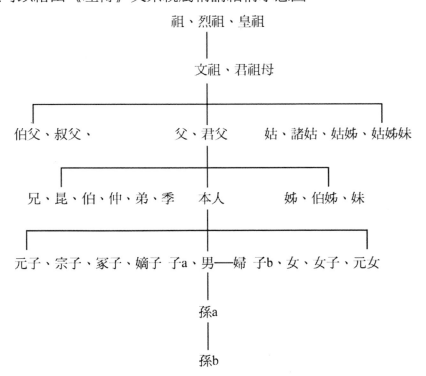

二、語用考察

【祖】

出現頻率：25。

指稱範疇：

《隱公8年》：「陳鍼子送女，先配而後祖。鍼子曰：『是不為夫婦，誣其祖矣』」。《襄公14年》：「昔秦人迫逐乃祖吾離於瓜州」。《昭公7年》：「其祖弗父

何以有宋而授厲公」。用於祖先的長輩稱、通稱。

句法功能：

A. 單獨作主語：《昭公 11 年》「祖不歸也」。

B. 單獨作謂語：《昭公 7 年》「襄公適楚矣，而祖以道，君不行何之」。

C. 構成定中短語作主語：《襄公 24 年》「昔匄之祖，自虞以上為陶唐氏」。

D. 構成定中短語再構成同位短語作主語：《昭公 7 年》「其祖弗父何以有宋而授厲公」。

E. 構成狀中短語作謂語：《隱公 8 年》「先配而後祖」。

F. 構成定中短語作動詞賓語：《昭公 15 年》「數典而忘其祖」。

G. 構成聯合短語作動詞賓語：《襄公 2 年》「烝罪祖姒」。

H. 構成定中短語再構成同位短語作動詞賓語：《襄公 14 年》「昔秦人迫逐乃祖吾離於瓜州」。

組合能力：

構成主謂短語、述補短語、述賓短語、定中短語、狀中短語、聯合短語、同位短語。

【烈祖】

出現頻率：1。

指稱範疇：

《哀公 2 年》：「衛大子禱曰：『曾孫蒯聵，敢昭告皇祖文王、烈祖康叔、文祖襄公』」杜注：「烈，顯也。」周成王封康叔為衛國第一代國君，是為衛國和衛姓的始祖。用於長輩稱、美稱、特稱。

句法功能：

構成同位短語作動詞賓語。

組合能力：

構成同位短語、述賓短語。

【皇祖】

出現頻率：4。

指稱範疇：

《文公 2 年》：「春秋匪解，享祀不忒，皇皇后帝，皇祖后稷」孔疏：「所祀

之神有皇皇之美者，為君之上天配之以君祖后稷也」。《昭公 12 年》：「昔我皇祖伯父昆吾，舊許是宅」。用於長輩稱、美稱、旁稱。

句法功能：

A. 構成同位短語再構成定中短語作主語：《定公元年》「薛之皇祖奚仲居薛」。

B. 構成同位短語作動詞的賓語：《哀公 2 年》「敢昭告皇祖文王」。

組合能力：

構成同位短語、定中短語、主謂短語、述賓短語。

【高祖】

出現頻率：2。

指稱範疇：

《昭公 15 年》：「且昔而高祖孫伯黶司晉之典籍以為大政，故曰籍氏」。《昭公 17 年》：「我高祖少皞摯之立也，鳳鳥適至」。用於長輩稱、通稱。

句法功能：

A. 構成同位短語作主語：「且昔而高祖孫伯黶司晉之典籍以為大政」。

B. 構成同位短語再與動詞構成主謂短語作狀語：「我高祖少皞摯之立也，鳳鳥適至」。

組合能力：

構成同位短語、主謂短語。

【祖考】

出現頻率：1。

指稱範疇：

《襄公 14 年》：「今余命女環，茲率舅氏之典，纂乃祖考，無忝乃舊」。用於長輩稱、通稱。

句法功能：

構成定中短語作動詞賓語。

組合能力：

構成定中短語、述賓短語。

【祖妣】

出現頻率：1。

指稱範疇：

《襄公 2 年》：「為酒為醴，烝畀祖妣」。用於長輩稱、通稱。

句法功能：

單獨作動詞賓語。

組合能力：

構成述賓短語。

【先】

出現頻率：2。

指稱範疇：

《昭公 13 年》：「臣之先佐開卜，乃使為卜尹」。《定公 8 年》：「桓子咋謂林楚曰：『而先皆季氏之良也，爾以是繼之』」。用於長輩稱、旁稱。

句法功能：

構成定中短語作主語。

組合能力：

構成定中短語、主謂短語。

【先子】

出現頻率：1。

指稱範疇：

《昭公 4 年》：「魯以先子之故，將存吾宗」。用於長輩稱、背稱。

句法功能：

構成定中短語再與介詞構成介賓短語作狀語。

組合能力：

構成定中短語、介賓短語。

【先公】

出現頻率：2。

指稱範疇：

《襄公 11 年》：「羣神羣祀，先王先公，七姓十二國之祖」。《定公 8 年》：「順祀先公而祈焉」。用於長輩稱、通稱。

句法功能：

A. 單獨作動詞賓語：「順祀先公而祈焉」。

B. 構成聯合短語作動詞賓語：「羣神羣祀，先王先公」。

組合能力：

構成述賓短語、聯合短語。

【先主】

出現頻率：1。

指稱範疇：

《哀公 20 年》：「先主與吳王有質」。用於長輩稱、旁稱。

句法功能：

單獨作主語。

組合能力：

構成主謂短語。

【先守】

出現頻率：1。

指稱範疇：

《襄公 12 年》：「先守某公之遺女若而人，齊侯許婚，王使陰里逆之」。用於長輩稱、旁稱。

句法功能：

構成同位短語作定語。

組合能力：

構成同位短語、定中短語。

【先臣】

出現頻率：5。

指稱範疇：

《文公 15 年》：「公與之宴。辭曰：『君之先臣督，得罪於宋殤公』」。《哀公 14 年》：「若以先臣之故而使有後」。《哀公 20 年》：「君之先臣志父，得承齊盟」。用於長輩稱、背稱、旁稱。

句法功能：

A. 構成同位短語再與限定成分構成定中短語作主語：「君之先臣督，得罪於宋殤公」。

B. 構成定中短語再與介詞構成介賓短語作狀語:「若以先臣之故而使有後」。

組合能力:

構成同位短語、定中短語、介賓短語、主謂短語、狀中短語。

【先人】

出現頻率:9。

指稱範疇:

《莊公 14 年》:「先君桓公命我先人典司宗祐」。《宣公 15 年》:「爾用先人之治命」。《襄公 26 年》:「吾受命於先人」。《昭公 8 年》:「其若先人何」。用於長輩稱、背稱、旁稱。由於指稱兩類親屬,也是多稱詞。

句法功能:

A. 單獨作定語:《成公 9 年》「先人之職官也」。

B. 構成定中短語作動詞賓語:《昭公 3 年》「小人糞除先人之敝廬」。

C. 構成定中短語作兼語:《莊公 14 年》「先君桓公命我先人典司宗祐」。

D. 構成介賓短語作狀語:《昭公 8 年》「其若先人何」。

E. 構成介賓短語作補語:《襄公 26 年》「吾受命於先人」。

組合能力:

構成定中短語、介賓短語、述賓短語、狀中短語、兼語短語、述補短語。

【文祖】

出現頻率:1。

指稱範疇:

《哀公 2 年》:「衛大子禱曰:『曾孫蒯聵,敢昭告皇祖文王、烈祖康叔,文祖襄公』」杜注:「繼業守文故曰文祖。蒯聵,襄公之孫。」用於長輩稱、美稱。

句法功能:

構成同位短語作動詞賓語。

組合能力:

構成同位短語、述賓短語。

【君祖母】

出現頻率:1。

指稱範疇：

《文公 16 年》：「公曰：『不能其大夫至於君祖母以及國人』」。用於長輩稱、背稱。

句法功能：

構成介賓短語作動詞補語。

組合能力：

構成介賓短語、述補短語。

【父】

出現頻率：52。

指稱範疇：

《昭公 26 年》：「父慈而教」。《僖公 33 年》：「其父有罪」。《成公 2 年》：「知罃之父成公之嬖也」。《哀公 22 年》：「執父立子」。用於長輩稱、通稱。

句法功能：

A. 單獨作主語：《昭公 26 年》「父慈而教」。

B. 單獨作動詞賓語：《定公 4 年》「事君猶事父也」。

C. 單獨作定語：《襄公 30 年》「子奪父政」。

D. 單獨作兼語：《襄公 30 年》「不忍使父失民於子也」。

E. 構成聯合短語作主語：《昭公 20 年》「父子兄弟罪不相及」。

F. 構成定中短語作主語：《僖公 33 年》「其父有罪」。

G. 構成介賓短語再與動詞構成述補短語作主語：《桓公 6 年》「取於物為假，取於父為類」。

H. 構成狀中短語作謂語：《襄公 28 年》「淫而不父」。

I. 構成定中短語作動詞賓語：《桓公 16 年》「棄父之命」。

J. 構成述賓短語再與名詞構成定中短語作動詞賓語：《桓公 16 年》「有無父之國則可也」。

K. 構成介賓短語作補語：《閔公 2 年》「同復於父，敬如君所」。

組合能力：

構成主謂短語、述賓短語、定中短語、狀中短語、述補短語、聯合短語、兼語短語。

【君父】

出現頻率：3。

指稱範疇：

《僖公 23 年》：「保君父之命而享其生祿」。《文公 18 年》：「夫莒僕則其孝敬則弒君父矣」。《哀公 16 年》：「蒯聵得罪於君父君母」。用於長輩稱、背稱、旁稱。

句法功能：

A. 單獨作動詞賓語：「夫莒僕則其孝敬則弒君父矣」。

B. 構成定中短語作動詞賓語：「保君父之命」。

C. 構成聯合短語再與介詞構成介賓短語作補語：「蒯聵得罪於君父君母」。

組合能力：

構成述賓短語、定中短語、聯合短語、介賓短語、述補短語。

【親戚】

出現頻率：2。

指稱範疇：

《昭公 20 年》：「聞免父之命，不可以莫之奔也；親戚為戮，不可以莫之報也」。《僖公 24 年》：「故封建親戚以蕃屏周」。用於長輩稱、背稱。由於指稱兩類親屬，也是多稱詞。

句法功能：

A. 單獨作主語：「親戚為戮」。

B. 單獨作動詞賓語：「封建親戚」。

組合能力：

構成主謂短語、述賓短語。

【伯父】

出現頻率：12。

指稱範疇：

《莊公 14 年》：「吾願與伯父圖之」。《昭公 32 年》：「其委諸伯父，使伯父實重圖之」。《昭公 12 年》：「昔我皇祖伯父昆吾」。用於長輩稱、面稱、背稱。

句法功能：

A. 單獨作主語：《昭公 9 年》「伯父若裂冠毀冕」。

B. 獨作介詞賓語：《昭公 9 年》「我在伯父，猶衣服之有冠冕」。

C. 單獨作兼語：《昭公 32 年》「使伯父實重圖之」。

D. 構成同位短語作主語：《昭公 9 年》「伯父惠公歸自秦」。

E. 構成介賓短語作狀語：《莊公 14 年》「吾願與伯父圖之」。

F. 與隱含的「於」構成介賓短語作補語：《昭公 32 年》「其委諸伯父」。

組合能力：

構成主謂短語、介賓短語、狀中短語、兼語短語、同位短語、述補短語。

【叔】

出現頻率：5。

指稱範疇：

《昭公 26 年》：「亦唯伯仲叔季圖之」。《定公 4 年》：「三者皆叔也」。《昭公元年》：「叔孫曰：『雖怨季孫，魯國何罪？叔出季處，有自來矣，吾又誰怨』」。叔孫自稱「叔」。用於長輩稱、通稱、自稱。

句法功能：

A. 單獨作主語：《昭公元年》「叔出季處」。

B. 單獨作隱含的動詞「是」的賓語：《定公 4 年》「三者皆叔也」。

C. 構成定中短語作主語：《定公 4 年》「五叔無官」。

D. 構成聯合短語作主語：《昭公 26 年》「亦唯伯仲叔季圖之」。

E. 構成定中短語作動詞賓語：《昭公 29 年》「少皞氏有四叔」。

組合能力：

構成主謂短語、述賓短語、定中短語、聯合短語。

【叔父】

出現頻率：12。

指稱範疇：

《隱公 5 年》：「叔父有憾於寡人」。《僖公 24 年》：「敢告叔父」。《宣公 12 年》：「趙旃以其良馬二濟其兄與叔父」。用於長輩稱、通稱、面稱、旁稱。

句法功能：

A. 單獨作主語：《隱公 5 年》「叔父有憾於寡人」。

B. 單獨作動詞賓語：《僖公 24 年》「敢告叔父」。

C. 單獨作兼語：《僖公 28 年》「王謂叔父敬服王命」。

D. 構成同位短語作主語：《昭公 15 年》「叔父唐叔成王之母弟也」。

E. 構成聯合短語作動詞賓語：《宣公 12 年》「趙旃以其良馬二濟其兄與叔父」。

組合能力：

構成主謂短語、述賓短語、兼語短語、同位短語、聯合短語。

【姑】

出現頻率：7。

指稱範疇：

《僖公 15 年》：「姪從其姑」。《文公 2 年》：「謂其姊親而先姑也」。《襄公 2 年》：「婦，養姑者也」。《昭公 25 年》：「為父子兄弟姑姊甥舅昏媾姻亞以象天明」。用於長輩稱、背稱、旁稱。

句法功能：

A. 單獨作主語：《昭公 26 年》「姑慈婦聽」。

B. 單獨作動詞賓語：《襄公 2 年》「虧姑以成婦」。

C. 構成述賓短語作定語：《襄公 2 年》「婦，養姑者也」。

D. 構成定中短語作動詞賓語：《僖公 15 年》「姪從其姑」。

E. 構成聯合短語作動詞賓語：《昭公 25 年》「為父子兄弟姑姊甥舅昏媾姻亞以象天明」。

組合能力：

構成主謂短語、述賓短語、定中短語、聯合短語。

【諸姑】

出現頻率：1。

指稱範疇：

《文公 2 年》：「問我諸姑，遂及伯姊」。用於長輩稱、背稱。

句法功能：

構成定中短語作動詞賓語。

組合能力：

構成定中短語、述賓短語。

【姑姊】

出現頻率：2。

指稱範疇：

《襄公 21 年》：「季武子以公姑姊妻之」；「若大盜禮焉，以君之姑姊與其大邑」。用於長輩稱、旁稱。

句法功能：

構成定中短語作介詞賓語。

組合能力：

構成定中短語、介賓短語。

【姑姊妹】

出現頻率：2。

指稱範疇：

《襄公 12 年》：「無女而有姊妹及姑姊妹」。《昭公 3 年》：「則猶有先君之適及遺姑姊妹若而人」。用於長輩稱、旁稱。

句法功能：

A. 構成聯合短語作動詞賓語：「有姊妹及姑姊妹」。

B. 構成定中短語再構成聯合短語作動詞賓語：「有先君之適及遺姑姊妹」。

組合能力：

構成聯合短語、定中短語、述賓短語。

【兄】

出現頻率：46。

指稱範疇：

《隱公 3 年》：「兄受弟敬」。《宣公 12 年》：「趙旃以其良馬二濟其兄與叔父」。《昭公 20 年》：「父子兄弟罪不相及」。《成公 18 年》：「周子有兄而無慧」。《襄公 15 年》：「吾兄為之」。用於同輩稱、旁稱、背稱、面稱。

句法功能：

A. 單獨作主語：《隱公 3 年》「兄受弟敬」。

B. 單獨作動詞賓語：《成公 18 年》「周子有兄而無慧」。

C. 構成聯合短語作主語：《昭公 20 年》「父子兄弟罪不相及」。

D. 構成定中短語作主語：《襄公 15 年》「吾兄為之」。

E. 構成定中短語作動詞賓語：《定公 10 年》「是我迋吾兄也」。

F. 構成聯合短語作定語：《昭公 26 年》「則是兄弟之能用力於王室也」。

組合能力：

構成主謂短語、述賓短語、定中短語、聯合短語。

【昆】

出現頻率：1。

指稱範疇：

《成公 5 年》：「我亡，吾二昆其憂哉」。用於同輩稱、背稱。

句法功能：

構成定中短語作主語。

組合能力：

構成定中短語、主謂短語。

【伯】

出現頻率：4。

指稱範疇：

《昭公 26 年》：「亦唯伯仲叔季圖之」。《哀公元年》：「介在蠻夷而長寇讎，以是求伯，必不行矣」。《定公 4 年》：「文武成康之伯猶多而不獲是分也」。《昭公 28 年》：「吾聞諸伯叔，諺曰：『唯食忘憂』」。用於同輩稱、背稱、面稱、旁稱。

句法功能：

A. 單獨作動詞賓語：「以是求伯」。

B. 構成定中短語作主語：「文武成康之伯猶多」。

C. 構成聯合短語作主語：「亦唯伯仲叔季圖之」。

D. 構成聯合短語再與隱含的介詞「於」構成介賓短語作補語：「吾聞諸伯叔」。

組合能力：

構成述賓短語、主謂短語、定中短語、聯合短語、介賓短語、述補短語。

【仲】

出現頻率：1。

指稱範疇：

《昭公 26 年》：「亦唯伯仲叔季圖之」。用於同輩稱、旁稱。

句法功能：

構成聯合短語作主語。

組合能力：

構成聯合短語、主謂短語。

【弟】

出現頻率：81。

指稱範疇：

《隱公元年》：「段不弟故不言弟」。《隱公 3 年》：「兄愛弟敬」。《隱公 11 年》：「寡人有弟不能和協」。《桓公 2 年》：「其弟以千畝之戰生」。《僖公 24 年》：「鄭子華之弟子臧出奔宋」。《宣公 12 年》：「凡稱弟皆母弟也」。用於同輩稱、背稱、旁稱。

句法功能：

A. 單獨作主語：《隱公 3 年》「兄愛弟敬」。

B. 單獨作動詞賓語：《隱公 11 年》「寡人有弟」。

C. 單獨作兼語：《宣公 12 年》「凡稱弟皆母弟也」。

D. 構成狀中短語作謂語：《隱公元年》「段不弟」。

E. 構成定中短語作主語：《桓公 2 年》「其弟以千畝之戰生」。

F. 構成同位短語再構成定中短語作主語：《僖公 24 年》「鄭子華之弟子臧出奔宋」。

G. 構成同位短語再構成定中短語作動詞賓語：《襄公 30 年》「天王殺其弟佞夫」。

組合能力：

構成主謂短語、述賓短語、兼語短語、定中短語、狀中短語、同位短語。

【母弟】

出現頻率：23。

指稱範疇：

《莊公 8 年》：「僖公之母弟曰夷仲年」。《僖公 24 年》：「得罪於母弟之寵子帶」；「辟母弟之難也」。《文公 16 年》：「使母弟須為司城」。《襄公 20 年》：「公子履其母弟也」。用於同輩稱、旁稱。

句法功能：

A. 單獨作動詞賓語：《昭公 26 年》「並建母弟以蕃屏周」。

B. 單獨作定語：《僖公 24 年》「辟母弟之難也」。

C. 構成定中短語作主語：《定公 4 年》「武王之母弟八人」。

D. 構成同位短語作主語：《定公 10 年》「母弟辰暨仲佗石彄出奔陳」。

E. 構成定中短語再構成介賓短語作補語：《僖公 24 年》「得罪於母弟之寵子帶」。

F. 構成定中短語作隱含的動詞「是」的賓語：《襄公 20 年》「公子履其母弟也」。

G. 構成同位短語再構成聯合短語作動詞賓語：《昭公 25 年》「昭伯問家故，盡對；及內子與母弟叔孫，則不對」。

H. 構成同位短語作兼語：《文公 16 年》「使母弟須為司城」。

組合能力：

構成述賓短語、定中短語、主謂短語、同位短語、聯合短語、介賓短語、述補短語、兼語短語。

【貴介弟】、【寵弟】

出現頻率：1。

指稱範疇：

《襄公 26 年》：「夫子為王子圍，寡君之貴介弟也」杜注：「介，大也。」用於同輩稱、尊稱。《隱公元年》：「（祭仲曰）蔓草猶不可除，況君之寵弟乎」。用於同輩稱、旁稱。

句法功能：

構成定中短語作隱含的動詞「是」的賓語。

組合能力：

構成定中短語、述賓短語。

【季】

出現頻率：4。

指稱範疇：

《昭公元年》：「昔高辛氏有二子，伯曰閼伯，季曰實沈」。《昭公 13 年》：「芈姓有亂，必季實立，楚之常也」。《昭公 26 年》：「亦唯伯仲叔季圖之」。

《昭公 32 年》：「昔成季友，桓之季也，文姜之愛子也」。用於同輩稱、旁稱。

句法功能：

A. 單獨作主語：「季曰實沈」。

B. 構成聯合短語作主語：「亦唯伯仲叔季圖之」。

C. 構成主謂短語作隱含的動詞「是」的賓語：「必季實立」。

D. 構成定中短語作隱含的動詞「是」的賓語：「昔成季友，桓之季也」。

組合能力：

構成主謂短語、述賓短語、定中短語、聯合短語。

【季弟】

出現頻率：2。

指稱範疇：

《文公 11 年》：「衛人獲其季弟簡如」。《成公 2 年》：「知罃之父，成公之壻
也，而中行伯之季弟也」。用於同輩稱、旁稱。

句法功能：

A. 構成定中短語作隱含的動詞「是」的賓語：「知罃之父，成公之壻也，
而中行伯之季弟也」。

B. 構成同位短語再構成定中短語作動詞賓語：「衛人獲其季弟簡如」。

組合能力：

構成述賓短語、定中短語、同位短語。

【外弟】

出現頻率：1。

指稱範疇：

《成公 11 年》：「聲伯以其外弟為大夫」。用於同輩稱、旁稱。

句法功能：

構成定中短語作兼語。

組合能力：

構成兼語短語、定中短語。

【從兄】

出現頻率：1。

指稱範疇：

《昭公元年》：「（子產曰）兵其從兄，不養親也」。用於同輩稱、旁稱。

句法功能：

構成定中短語作動詞賓語。

組合能力：

構成述賓短語、定中短語。

【從弟】

出現頻率：1。

指稱範疇：

《昭公 25 年》：「臧昭伯之從弟會，為讒於臧氏」。用於同輩稱、旁稱。

句法功能：

構成同位短語再構成定中短語作主語。

組合能力：

構成同位短語、定中短語、主謂短語。

【姊】

出現頻率：8。

指稱範疇：

《文公 2 年》：「謂其姊親而先姑也」。《昭公 25 年》：「季公若之姊為小邾夫人」。用於同輩稱、旁稱。

句法功能：

A. 構成定中短語作主語：《昭公 25 年》「季公若之姊為小邾夫人」。

B. 構成聯合短語作主語：《桓公 3 年》「姊妹則上卿送之」。

C. 構成定中短語作動詞賓語：《哀公 15 年》「衛孔圉取大子蒯聵之姊」。

D. 構成定中短語作兼語：《文公 2 年》「謂其姊親」。

組合能力：

構成定中短語、主謂短語、聯合短語、述賓短語、兼語短語。

【伯姊】

出現頻率：1。

指稱範疇：

《文公 2 年》：「問我諸姑，遂及伯姊」。用於同輩稱、背稱。

句法功能：

單獨作動詞賓語。

組合能力：

構成述賓短語。

【妹】

出現頻率：8。

指稱範疇：

《隱公 3 年》：「衛莊公娶於齊東宮得臣之妹」。《昭公元年》：「鄭徐吾犯之妹美」。《定公 4 年》：「楚子取其妹季羋畀我以出」。《哀公 8 年》：「季康子以其妹妻之」。用於同輩稱、旁稱。

句法功能：

A. 單獨作動詞賓語：《哀公 9 年》「若帝乙之元子歸妹而有吉祿」。

B. 構成定中短語作主語：《昭公元年》「鄭徐吾犯之妹美」。

C. 構成聯合短語作主語：《桓公 3 年》「姊妹則上卿送之」。

D. 構成定中短語作動詞賓語：《昭公 28 年》「是鄭穆少妃姚子之子，子貉之妹也」。

E. 構成同位短語再構成定中短語作動詞賓語：《定公 4 年》「楚子取其妹季羋」。

F. 構成定中短語再構成介賓短語作狀語：《哀公 8 年》「季康子以其妹妻之」。

G. 構成定中短語再構成介賓短語作補語：《隱公 3 年》「衛莊公娶於齊東宮得臣之妹」。

組合能力：

構成述賓短語、主謂短語、定中短語、同位短語、聯合短語、狀中短語、述補短語。

【外妹】

出現頻率：1。

指稱範疇：

《成公 11 年》：「聲伯以其外弟為大夫，而嫁其外妹於施孝叔」。用於同輩稱、旁稱。

句法功能：

構成定中短語作動詞賓語。

組合能力：

構成定中短語、述賓短語。

【姒】

出現頻率：1。

指稱範疇：

《成公 11 年》：「吾不以妾為姒」。用於同輩稱、背稱。

句法功能：

單獨作動詞賓語。

組合能力：

構成述賓短語。

【長叔姒】

出現頻率：1。

指稱範疇：

《昭公 28 年》：「長叔姒生男」。用於同輩稱、背稱。

句法功能：

單獨作主語。

組合能力：

構成主謂短語。

【兄弟】

出現頻率：9。

指稱範疇：

《桓公 6 年》：「君姑修政而親兄弟之國」。《僖公 28 年》：「且合諸侯而滅兄弟，非禮也」。《成公 2 年》：「晉與魯衛兄弟也」。《襄公 3 年》：「寡君願與一二兄弟相見」。用於同輩稱、背稱、旁稱。

句法功能：

A. 單獨作動詞賓語：《僖公 28 年》「且合諸侯而滅兄弟」。

B. 單獨作隱含的動詞「是」的賓語：《成公 2 年》「晉與魯衛兄弟也」。

C. 單獨作定語：《昭公 26 年》「則是兄弟之能用力於王室也」。

D. 構成聯合短語作主語:《成公 2 年》「兄弟甥舅侵敗王略」。

E. 構成聯合短語再構成定中短語作主語:《昭公 26 年》「若我一二兄弟甥舅,獎順天法」。

F. 構成定中短語再構成介賓短語作狀語:《襄公 3 年》「寡君願與一二兄弟相見」。

組合能力:

構成述賓短語、定中短語、主謂短語、聯合短語、介賓短語、狀中短語。

【昆弟】

出現頻率:2。

指稱範疇:

《僖公 24 年》:「我請昆弟仕焉」。《昭公 2 年》:「昆弟爭室」。用於同輩稱、背稱。

句法功能:

A. 單獨作主語:「昆弟爭室」。

B. 單獨作兼語:「我請昆弟仕焉」。

組合能力:

構成主謂短語、兼語短語。

【子】

出現頻率:203。(其中「兒子」義 198 例。「女兒」義 2 例,「後代」義 3 例)

指稱範疇:

《莊公 14 年》:「莊公之子猶有八人」。《閔公 2 年》:「寡人有子」;「且子懼不孝」。《僖公 9 年》:「殺其君之子」。《文公 13 年》:「妻子為戮」。《昭公 3 年》:「以其子更公女而嫁公子」。用於晚輩稱、背稱、旁稱。由於指稱三類親屬,也是多稱詞。

句法功能:

A. 單獨作主語:「且子懼不孝」。

B. 單獨作動詞賓語:「寡人有子」。

C. 構成定中短語作主語:「莊公之子猶有八人」。

D. 構成聯合短語作主語:「妻子為戮」。

E. 構成定中短語作動詞賓語：「殺其君之子」。

F. 構成定中短語再構成介賓短語作狀語：「以其子更公女而嫁公子」。

組合能力：

構成主謂短語、述賓短語、定中短語、聯合短語、介賓短語、狀中短語。

【男】

出現頻率：7。

指稱範疇：

《僖公17年》：「將生一男一女」；「故名男曰圉」。《襄公8年》：「夫婦男女不逼啟處」。《昭公28年》：「長叔姒生男」。用於晚輩稱、旁稱。

句法功能：

A. 單獨作動詞賓語：「長叔姒生男」。

B. 構成聯合短語作主語：「夫婦男女不逼啟處」。

C. 構成主謂短語作動詞賓語：「故名男曰圉」。

D. 構成定中短語作動詞賓語：「將生一男一女」。

組合能力：

構成述賓短語、主謂短語、聯合短語、定中短語。

【元子】

出現頻率：2。

指稱範疇：

《哀公9年》：「微子啟，帝乙之元子也」；「若帝乙之元子歸妹而有吉祿」。用於晚輩稱、旁稱。

句法功能：

構成定中短語作主語：「若帝乙之元子歸妹而有吉祿」。

構成定中短語作隱含的動詞「是」的賓語：「微子啟，帝乙之元子也」。

組合能力：

構成定中短語、主謂短語、述賓短語。

【大子】

出現頻率：95。

指稱範疇：

《閔公2年》：「大子將戰」；「非大子之事也」。《文公7年》：「夫人大子猶

在而外求君」。《桓公6年》：「以大子生之禮舉之」。用於晚輩稱、旁稱。

句法功能：

A. 單獨作主語：《閔公2年》「大子將戰」。

B. 單獨作動詞賓語：《桓公2年》「晉穆侯之夫人姜氏以條之役生大子」。

C. 單獨作定語：《閔公2年》「非大子之事也」。

D. 單獨作兼語：《哀公2年》「使大子絕」。

E. 構成聯合短語作主語：《文公7年》「夫人大子猶在」。

F. 構成主謂短語再構成定中短語再與「以」構成介賓短語作狀語：《桓公6年》「以大子生之禮舉之」。

組合能力：

構成主謂短語、述賓短語、定中短語、聯合短語、兼語短語、介賓短語、狀中短語。

【世子】

出現頻率：1。

指稱範疇：

《昭公8年》：「陳侯之弟招殺陳世子偃師」。用於晚輩稱、旁稱。

句法功能：

構成同位短語再構成定中短語作動詞賓語。

組合能力：

構成同位短語、定中短語、述賓短語。

【宗子】

出現頻率：2。

指稱範疇：

《僖公5年》：「懷德維寧，宗子維城」；「君其修德而固宗子」。用於晚輩稱、旁稱。

句法功能：

A. 單獨作主語：「宗子維城」。

B. 單獨作動詞賓語：「固宗子」。

組合能力：

構成主謂短語、述賓短語。

【宗主】

出現頻率：2。

指稱範疇：

《襄公 27 年》：「崔，宗邑也，必在宗主」。《昭公 19 年》：「其一二父兄懼墜宗主」。用於晚輩稱、旁稱。

句法功能：

單獨作動詞賓語。

組合能力：

構成述賓短語。

【冢子】、【冢適】、【嫡子】

出現頻率：1。

指稱範疇：

《閔公 2 年》：「故曰冢子」。《昭公 13 年》：「共王無冢適」。《僖公 24 年》：「固請於公以為嫡子」。用於晚輩稱、旁稱。

句法功能：

單獨作動詞賓語。

組合能力：

構成述賓短語。

【嫡】

出現頻率：2。

指稱範疇：

《桓公 18 年》：「並後，匹嫡」。《文公 17 年》：「歸生佐寡君之嫡夷，以請陳侯於楚」。用於晚輩稱、旁稱、背稱。

句法功能：

A. 單獨作動詞賓語：「匹嫡」。

B. 構成同位短語再構成定中短語作動詞賓語：「佐寡君之嫡夷」。

組合能力：

構成述賓短語、同位短語、定中短語。

【適】

出現頻率：9。

指稱範疇：

《文公 18 年》：「殺適立庶」。《昭公 3 年》：「不腆先君之適」。《哀公 14 年》：「大獲麟故大其適也」。用於晚輩稱、旁稱。

句法功能：

A. 單獨作動詞賓語：《文公 18 年》「殺適立庶」。

B. 構成定中短語作動詞賓語：《昭公 3 年》「不腆先君之適」。

組合能力：

構成述賓短語、定中短語。

【適子】

出現頻率：1。

指稱範疇：

《襄公 23 年》：「季武子無適子」。用於晚輩稱、旁稱。

句法功能：

單獨作動詞賓語。

組合能力：

構成述賓短語。

【嗣】

出現頻率：7。

指稱範疇：

《文公 7 年》：「其嗣亦何罪」。《昭公 7 年》：「今又不禮於衛之嗣」。《昭公 26 年》：「亂嗣不祥」。《昭公 27 年》：「我，王嗣也」。《哀公元年》：「今聞其嗣又甚焉」。用於晚輩稱、旁稱、自稱。

句法功能：

A. 單獨作動詞賓語：「亂嗣不祥」。

B. 構成定中短語作主語：「其嗣亦何罪」。

C. 構成定中短語作動詞賓語：「聞其嗣」。

D. 構成定中短語作隱含的動詞「是」的賓語：「我，王嗣也」。

E. 構成定中短語再構成介賓短語作補語：「今又不禮於衛之嗣」。

組合能力：

構成述賓短語、主謂短語、定中短語、介賓短語、述補短語。

【嗣子】

出現頻率：1。

指稱範疇：

《哀公 20 年》：「嗣子不廢舊業而敵之」。用於晚輩稱、旁稱。

句法功能：

單獨作主語。

組合能力：

構成主謂短語。

【嗣適】

出現頻率：1。

指稱範疇：

《閔公 2 年》：「故君之嗣適不可以帥師」。用於晚輩稱、旁稱。

句法功能：

構成定中短語作主語。

組合能力：

構成定中短語、主謂短語。

【適嗣】

出現頻率：3。

指稱範疇：

《文公 7 年》：「捨適嗣不立而外求君」。《襄公 31 年》：「非適嗣，何必娣之子」。《昭公 26 年》：「王有適嗣」。用於晚輩稱、旁稱。

句法功能：

單獨作動詞賓語。

組合能力：

構成述賓短語。

【王子】

出現頻率：8。

指稱範疇：

《成公 2 年》：「其必因鄭而歸王子與襄老之尸以求之」。《襄公 26 年》：「頡遇王子弱焉」。《襄公 30 年》：「穆叔問王子之為政何如」；「王子必不免」。用於

晚輩稱、旁稱。

句法功能：

A. 單獨作主語：《襄公 30 年》「王子必不免」。

B. 單獨作動詞賓語：《襄公 26 年》「頡遇王子弱焉」杜注：「弱，敗也」。

C. 構成定中短語作主語：《昭公 22 年》「羣王子追之」。

D. 構成主謂短語作動詞賓語：《襄公 30 年》「穆叔問王子之為政何如」。

E. 構成聯合短語再構成定中短語作動詞賓語：《成公 2 年》「歸王子與襄老之尸」。

組合能力：

構成主謂短語、述賓短語、定中短語、聯合短語。

【公子】

出現頻率：82。

指稱範疇：

《僖公 23 年》：「公子受飱反璧」；「吾觀晉公子之從者皆足以相國」。《莊公 25 年》：「晉士蔿使羣公子盡殺游氏之族」。用於晚輩稱、旁稱。

句法功能：

A. 單獨作主語：《僖公 23 年》「公子受飱反璧」。

B. 單獨作動詞賓語：《昭公 20 年》「欲歸公子」。

C. 單獨作定語：《襄公 10 年》「因公子之徒以作亂」。

D. 構成定中短語作定語：《僖公 23 年》「晉公子之從者」。

E. 構成定中短語再構成介賓短語作狀語：《僖公 5 年》「為二公子築蒲與屈」。

F. 構成定中短語作兼語：《莊公 25 年》「晉士蔿使羣公子盡殺游氏之族」。

組合能力：

構成主謂短語、述賓短語、定中短語、介賓短語、兼語短語、狀中短語。

【人子】

出現頻率：4。

指稱範疇：

《昭公 10 年》：「為人子不可不慎也哉」。《昭公 13 年》：「余殺人子多矣」。《襄公 23 年》：「為人子者患不孝」。《宣公 12 年》：「不以人子，吾子其可得

乎」。用於晚輩稱、旁稱。由於指稱兩類親屬，也是多稱詞。

句法功能：

A. 單獨作動詞賓語：「殺人子」。

B. 單獨作介詞賓語：「不以人子」。

C. 單獨作兼語：「為人子不可不慎也哉」。

D. 構成述賓短語再構成定中短語作主語：「為人子者患不孝」。

組合能力：

構成述賓短語、介賓短語、兼語短語、定中短語。

【孝子】

出現頻率：2。

指稱範疇：

《成公 2 年》：「孝子不匱，永錫爾類」。《文公 18 年》：「如孝子之養父母也」。用於晚輩稱、旁稱。

句法功能：

A. 單獨作主語：「孝子不匱」。

B. 構成主謂短語作動詞賓語：「如孝子之養父母也」。

組合能力：

構成主謂短語、述賓短語。

【愛】

出現頻率：2。

指稱範疇：

《文公 6 年》：「立愛則孝」。《昭公 26 年》：「王不立愛」。用於晚輩稱、旁稱。

句法功能：

單獨作動詞賓語。

組合能力：

構成述賓短語。

【愛子】

出現頻率：2。

指稱範疇：

《宣公2年》：「君，姬氏之愛子也」。《昭公32年》：「昔成季友，桓之季也，文姜之愛子也」。用於晚輩稱、旁稱。

句法功能：

構成定中短語作隱含的動詞「是」的賓語。

組合能力：

構成定中短語、述賓短語。

【孽子】

出現頻率：1。

指稱範疇：

《閔公2年》：「孽子配適」。用於晚輩稱、旁稱。

句法功能：

單獨作主語。

組合能力：

構成主謂短語。

【寵子】

出現頻率：2。

指稱範疇：

《昭公13年》：「初，共王無冢適，有寵子五人，無適立焉」；「此二君者異於子干，共有寵子」。用於晚輩稱、旁稱。

句法功能：

單獨作動詞賓語。

組合能力：

構成述賓短語。

【門子】

出現頻率：2。

指稱範疇：

《襄公9年》：「鄭六卿公子……及其大夫、門子，皆從鄭伯」。《襄公10年》：「大夫、諸司、門子弗順」。用於晚輩稱、旁稱。

句法功能：

構成聯合短語作主語。

組合能力：

構成聯合短語、主謂短語。

【門官】

出現頻率：1。

指稱範疇：

《僖公 22 年》：「門官殲焉」。用於晚輩稱、旁稱。

句法功能：

單獨作主語。

組合能力：

構成主謂短語。

【庶】

出現頻率：4。

指稱範疇：

《昭公 28 年》：「吾母多而庶鮮」。《宣公 18 年》：「使我殺適立庶以失大援者，仲也夫」。用於晚輩稱、旁稱。

句法功能：

A. 單獨作主語：「庶鮮」。

B. 單獨作動詞賓語：「立庶」。

組合能力：

構成主謂短語、述賓短語。

【庶子】

出現頻率：4。

指稱範疇：

《宣公 2 年》：「其庶子為公行」。《昭公 4 年》：「楚共王之庶子圍，弒其君兄之子麇而代之」。《昭公 13 年》：「數其貴寵則庶子也」。《昭公 22 年》：「劉獻公之庶子伯蚠事單穆公」。用於晚輩稱、旁稱。

句法功能：

A. 單獨作隱含的動詞「是」的賓語：「數其貴寵則庶子也」。

B. 構成定中短語作主語：「其庶子為公行」。

C. 構成同位短語再構成定中短語作主語：「劉獻公之庶子伯蚠事單穆公」。

組合能力：

構成述賓短語、主謂短語、定中短語。

【余子】

出現頻率：2。

指稱範疇：

《宣公 2 年》：「又宦其餘子」。《昭公 28 年》：「謂知徐吾、趙朝、韓固、魏戊余子之不失職」。用於晚輩稱、旁稱。由於指稱兩類親屬，也是多稱詞。

句法功能：

A. 構成定中短語作動詞賓語。

B. 構成同位短語再構成主謂短語作動詞賓語。

組合能力：

構成定中短語、述賓短語、同位短語、主謂短語。

【從子】

出現頻率：1。

指稱範疇：

《襄公 28 年》：「衛人立其從子圉」。用於晚輩稱、旁稱。

句法功能：

構成同位短語再構成定中短語作動詞賓語。

組合能力：

構成同位短語、定中短語、述賓短語。

【公族】

出現頻率：4。

指稱範疇：

《文公 7 年》：「公族，公室之枝葉也」。《宣公 2 年》：「自是晉無公族」；「晉於是有公族、余子、公行」。《昭公 3 年》：「晉之公族盡矣」。用於晚輩稱、旁稱。

句法功能：

A. 單獨作主語：「公族，公室之枝葉也」。

B. 單獨作動詞賓語：「自是晉無公族」。

C. 構成定中短語作主語：「晉之公族盡矣」。

D. 構成聯合短語作動詞賓語：「晉於是有公族、余子、公行」。

組合能力：

構成主謂短語、述賓短語、定中短語、聯合短語。

【婦】

出現頻率：4。

指稱範疇：

《襄公 2 年》：「婦，養姑者也」；「虧姑以成婦」。《昭公 26 年》：「姑慈婦聽」；「婦聽而婉」。用於晚輩稱、旁稱。

句法功能：

A. 單獨作主語：「婦，養姑者也」。

B. 單獨作動詞賓語：「虧姑以成婦」。

組合能力：

構成主謂短語、述賓短語。

【女】

出現頻率：24。

指稱範疇：

《桓公 11 年》：「宋雍氏女於鄭莊公」。《襄公 23 年》：「晉將嫁女於吳」。《僖公 24 年》：「將以其女為後」。用於晚輩稱、旁稱。

句法功能：

A. 單獨作謂語：《桓公 11 年》「宋雍氏女於鄭莊公」。

B. 單獨作動詞賓語：《昭公 28 年》「昔有仍氏生女」。

C. 構成定中短語作動詞賓語：《襄公 25 年》「叔孫還納其女於靈公」。

D. 構成定中短語作主語：《桓公 9 年》「凡諸侯之女行」。

E. 構成定中短語再構成主謂短語作主語：《莊公 27 年》「凡諸侯之女歸寧曰來」。

F. 構成定中短語再構成介賓短語作狀語：《僖公 24 年》「將以其女為後」。

G. 構成定中短語再構成介賓短語作補語：《宣公 4 年》「淫於邧子之女」。

H. 構成定中短語作兼語：《哀公 11 年》「使其女僕而田」。

組合能力：

構成述賓短語、定中短語、主謂短語、介賓短語、狀中短語、述補短語、兼語短語。

【女子】

出現頻率：1。

指稱範疇：

《襄公 26 年》：「宋芮司徒生女子」。用於晚輩稱、旁稱。

句法功能：

單獨作動詞賓語。

組合能力：

構成述賓短語。

【元女】

出現頻率：1。

指稱範疇：

《襄公 25 年》：「庸以元女大姬配胡公」。用於晚輩稱、旁稱。

句法功能：

構成同位短語再構成介賓短語作狀語。

組合能力：

構成同位短語、介賓短語、狀中短語。

【公女】

出現頻率：3。

指稱範疇：

《桓公 3 年》：「凡公女嫁於敵國」。《昭公 3 年》：「以其子更公女而嫁公子」。《哀公 11 年》：「賦封田以嫁公女」。用於晚輩稱、旁稱。

句法功能：

A. 單獨作主語：「凡公女嫁於敵國」。

B. 單獨作動詞賓語：「嫁公女」。

組合能力：

構成主謂短語、述賓短語。

【女公子】

出現頻率：1。

指稱範疇：

《莊公 32 年》：「女公子觀之」。用於晚輩稱、尊稱。

句法功能：

單獨作主語。

組合能力：

構成主謂短語。

【壻】

出現頻率：2。

指稱範疇：

《文公 12 年》：「趙有側室曰穿，晉君之壻也」。《桓公 15 年》：「使其壻雍糾殺之」。用於晚輩稱、旁稱。

句法功能：

A. 構成定中短語作隱含的動詞「是」的賓語：「趙有側室曰穿，晉君之壻也」。

B. 構成同位短語再構成定中短語作兼語：「使其壻雍糾殺之」。

組合能力：

構成定中短語、述賓短語、同位短語、兼語短語。

【姪】

出現頻率：3。

指稱範疇：

《僖公 15 年》：「姪其從姑」。《襄公 19 年》：「其姪鬷聲姬生光」。《襄公 23 年》：「繼室以其姪」。用於晚輩稱、旁稱。

句法功能：

A. 單獨作主語：「姪其從姑」。

B. 構成同位短語再構成定中短語作主語：「其姪鬷聲姬生光」。

C. 構成定中短語再構成介賓短語作補語：「繼室以其姪」。

組合能力：

構成主謂短語、同位短語、定中短語、介賓短語、述補短語。

【亞】

出現頻率：1。

指稱範疇：

《昭公 25 年》：「為父子兄弟姑姊甥舅昏媾姻亞，以象天明」。用於晚輩稱、旁稱。

句法功能：

構成聯合短語作動詞賓語。

組合能力：

構成聯合短語、述賓短語。

【甥】

出現頻率：7。

指稱範疇：

《哀公 26 年》：「公怒，殺期之甥之為大子者。」。《定公 13 年》：「邯鄲午，荀寅之甥也」。《襄公 19 年》：「請後，曰：『鄭甥可』」杜注「鄭甥荀吳，其母鄭女」。用於晚輩稱、旁稱、背稱。

句法功能：

A. 構成定中短語作主語：「鄭甥可」。

B. 構成定中短語作隱含的動詞「是」的賓語：「邯鄲午，荀寅之甥也」。

C. 構成定中短語再構成主謂短語作動詞賓語：「殺期之甥之為大子者」。

組合能力：

構成定中短語、主謂短語、述賓短語。

【彌甥】

出現頻率：1。

指稱範疇：

《哀公 23 年》：「以肥之得備彌甥也」。用於晚輩稱、旁稱。

句法功能：

單獨作動詞賓語。

組合能力：

構成述賓短語。

【孫】

出現頻率：12。

指稱範疇：

《桓公 2 年》：「靖侯之孫欒賓傅之」。《昭公 7 年》：「余使羈之孫圉與史苟相之」。《成公 10 年》：「殺余孫不義」。用於晚輩稱、旁稱、背稱。由於指稱兩類親屬，也是多稱詞。

句法功能：

A. 構成同位短語再構成定中短語作主語：《定公 4 年》「伯州犁之孫嚭為吳大宰」。

B. 構成定中短語再構成述賓短語作主語：《成公 10 年》「殺余孫不義」。

C. 構成定中短語作動詞賓語：《哀公 12 年》「殺元公之孫」。

D. 構成同位短語再構成定中短語作動詞賓語：《昭公 12 年》「而立成公之孫鰌」。

E. 構成定中短語作隱含的動詞「是」的賓語：《哀公 15 年》「子，周公之孫也」。

F. 構成同位短語再構成定中短語再構成聯合短語作兼語：《昭公 7 年》「余使羈之孫圉與史苟相之」。

組合能力：

構成同位短語、定中短語、主謂短語、述賓短語、聯合短語、兼語短語。

【昆孫】

出現頻率：1。

指稱範疇：

《昭公 16 年》：「君之昆孫，子孔之後也」。用於晚輩稱、旁稱。

句法功能：

構成定中短語作主語。

組合能力：

構成定中短語、主謂短語。

【從孫甥】

出現頻率：1。

指稱範疇：

《哀公 25 年》：「其弟期，大叔疾之從孫甥也」。用於晚輩稱、旁稱。

句法功能：

構成定中短語作隱含的動詞「是」的賓語。

組合能力：

構成定中短語、述賓短語。

【子孫】

出現頻率：24。

指稱範疇：

《隱公 11 年》：「周之子孫日失其序」。《宣公 12 年》：「臣聞克敵必示子孫」；「故使子孫無忘其章」。《定公 6 年》：「子孫必得志於宋」。用於晚輩稱、通稱、旁稱。

句法功能：

A. 單獨作主語：《襄公 21 年》「子孫保之」。

B. 單獨作動詞賓語：《宣公 12 年》「臣聞克敵必示子孫」。

C. 單獨作定語：《襄公 8 年》「受彤弓於襄王，以為子孫藏」。

D. 單獨作兼語：《宣公 12 年》「故使子孫無忘其章」。

E. 構成定中短語作主語：《隱公 11 年》「周之子孫日失其序」。

F. 構成定中短語作動詞賓語：《昭公元年》「蕃育其子孫」。

組合能力：

構成主謂短語、述賓短語、定中短語、兼語短語。

【曾孫】

出現頻率：3。

指稱範疇：

《襄公 29 年》：「齊人立敬仲之曾孫鄨」。《昭公 7 年》：「余將命而子苟與孔烝鉏之曾孫圉相元」。《哀公 2 年》：「曾孫蒯聵，敢昭告皇祖文王」。用於晚輩稱、通稱、自稱。

句法功能：

A. 構成同位短語作主語：「曾孫蒯聵，敢昭告皇祖文王」。

B. 構成同位短語再構成定中短語作動詞賓語：「齊人立敬仲之曾孫鄨」。

C. 構成同位短語再構成定中短語再構成聯合短語作兼語：「余將命而子苟與孔烝鉏之曾孫圉相元」。

組合能力：

構成主謂短語、述賓短語、定中短語、聯合短語、兼語短語。

【玄孫】

出現頻率：1。

指稱範疇：

《僖公 28 年》：「無克祚國，及而玄孫」。用於晚輩稱、通稱。

句法功能：

單獨作動詞賓語。

組合能力：

構成述賓短語。

【才子】

出現頻率：2。

指稱範疇：

《文公 18 年》：「昔高陽氏有才子八人」；「高辛氏有才子八人」。用於晚輩稱、通稱。

句法功能：

單獨作動詞賓語。

組合能力：

構成述賓短語。

【不才子】

出現頻率：4。

指稱範疇：

《文公 18 年》：「昔帝鴻氏有不才子」；「少暭氏有不才子」；「顓頊有不才子」；「縉雲氏有不才子」。用於晚輩稱、通稱。

句法功能：

單獨作動詞賓語。

組合能力：

構成述賓短語。

【宗族】

出現頻率：2。

指稱範疇：

《僖公 24 年》：「故糾合宗族於成周而作詩曰」。《昭公 3 年》：「其宗族枝葉先落」。用於通稱。

句法功能：

A. 單獨作動詞賓語：「糾合宗族」。

B. 構成定中短語作主語：「其宗族枝葉先落」。

組合能力：

構成述賓短語、定中短語、主謂短語。

【長親】

出現頻率：1。

指稱範疇：

《昭公 19 年》：「私族於謀，而立長親」。用於通稱。

句法功能：

單獨作動詞賓語。

組合能力：

構成述賓短語。

三、結　語

（一）語義結構

1. 具備由七個輩份層次構成的父系親屬稱謂語義系統。

2. 父系親屬稱謂的義類分布主要偏重於男性親屬，女性親屬的義類很少。

3. 指稱男性親屬的語義相當細緻，如兒子的稱謂多達 30 個。

（二）語法結構

《左傳》父系親屬稱謂有單音詞 28 個：

祖、先、父、叔、姑、兄、昆、伯、仲、弟、季、姊、妹、姒、子、男、嫡、適、嗣、愛、庶、婦、女、婿、姪、亞、甥、孫。

雙音詞 64 個：

烈祖、皇祖、高祖、祖考、祖妣、先子、先公、先主、先守、先臣、先人、文祖、君父、親戚、伯父、叔父、諸姑、姑姊、母弟、寵弟、季弟、外弟、從兄、從弟、伯姊、外妹、兄弟、昆弟、元子、大子、世子、宗子、宗主、冢子、冢適、嫡子、適子、嗣子、嗣適、適嗣、王子、公子、人子、孝子、愛子、嬖子、寵子、門子、門官、庶子、余子、從子、公族、女子、元女、公女、彌甥、昆孫、子孫、曾孫、玄孫、才子、宗族、長親。

三音節詞 7 個：

君祖母、姑姊妹、貴介弟、長叔姒、女公子、從孫甥、不才子。

1. 結構方式

（1）偏正式

烈祖、皇祖、高祖、先子、先公、先主、先守、先臣、先人、文祖、君父、伯父、叔父、諸姑、母弟、寵弟、季弟、外弟、從兄、從弟、伯姊、外妹、元子、大子、世子、宗子、宗主、冢子、嫡子、適子、嗣子、嗣適、王子、公子、人子、孝子、愛子、嬖子、寵子、門子、門官、庶子、余子、從子、公族、元女、公女、彌甥、昆孫、曾孫、玄孫、才子、長親、君祖母、貴介弟、長叔姒、女公子、從孫甥、不才子。

（2）聯合式

祖考、祖妣、親戚、姑姊、兄弟、昆弟、冢適、子孫、宗族、姑姊妹。

（3）補充式

適嗣

（4）附加式

女子

2. 構詞能力

28 個單音詞中，「仲、男、婦、壻、姪、亞」缺乏構詞能力。

構成 1 個複音詞的有：「姒、季、嫡、愛、庶」。

構成 2 個複音詞的有：「伯、叔、兄、昆、妹、甥」。

構成 3 個複音詞的有：「父、姑、姊、嗣」。

構成 4 個複音詞的有：「女、適」。

「孫、先、祖、弟」分別構成 5、6、7、8 個複音詞。

最能產的是「子」，構成 25 個複音詞。

（三）出現頻率

出現頻率 1 例的有 39 個語詞：

烈祖、祖考、祖妣、先子、先主、先守、文祖、君祖母、諸姑、昆、仲、貴介弟、寵弟、外弟、從兄、從弟、伯姊、外妹、姒、長叔姒、世子、冢子、冢適、嫡子、適子、嗣子、嗣適、嬖子、門官、從子、女子、元女、女公子、亞、彌甥、昆孫、從孫甥、玄孫、長親。

2 例的有 21 個語詞：

高祖、先、先公、親戚、姑姊、姑姊妹、季弟、昆弟、元子、宗子、宗主、嫡、孝子、愛、愛子、寵子、門子、余子、壻、才子、宗族。

3 例的有 5 個語詞：

君父、適嗣、公女、姪、曾孫。

4 例的有 9 個語詞：

皇祖、伯、季、人子、庶、庶子、公族、婦、不才子。

5 例的有 2 個語詞：

先臣、叔。

7 例的有 4 個語詞：

姑、男、嗣、甥。

8 例的有 3 個語詞：

姊、妹、王子。

9 例的有 3 個語詞：

先人、兄弟、適。

12 例的也有 3 個語詞：

伯父、叔父、孫。

高頻語詞有 10 個：

子 203 例、大子 95 例、公子 82 例、弟 81 例、父 52 例、兄 46 例、祖 25 例、女和子孫都是 24 例、母弟 23 例。顯然，「子」是出現頻率最高、最能產的語詞。

（四）指稱範疇

表1：指稱範疇分布情況

指稱範疇	長輩稱	同輩稱	晚輩稱	多稱	通稱	面稱
分布頻率	25	21	51	6	15	4
指稱範疇	背稱	旁稱	美稱	尊稱	自稱	特稱
分布頻率	22	70	3	1	3	1

（五）句法功能

不能單獨充當句子成分的語詞有38個：

烈祖、皇祖、高祖、祖考、先、先子、先守、先臣、文祖、君祖母、諸姑、姑姊、姑姊妹、昆、仲、貴介弟、寵弟、季弟、外弟、從兄、從弟、姊、外妹、元子、世子、嗣適、愛子、門子、余子、從子、元女、壻、亞、甥、孫、昆孫、從孫甥、曾孫。

只能單獨充當一種句子成分的語詞有35個：

祖妣、先公、先主、先人、君父、伯、季、伯姊、妹、姒、長叔姒、男、宗主、冢子、嫡、適、適子、嗣、嗣子、適嗣、孝子、愛、嬖子、寵子、門官、庶子、女子、女公子、姪、彌甥、玄孫、才子、不才子、宗族、長親。

單獨充當2種句子成分的語詞有14個：

祖、親戚、叔、姑、兄、母弟、子、宗子、王子、庶、公族、婦、女、公女。

單獨充當3種句子成分的語詞有6個：

伯父、叔父、弟、兄弟、公子、人子。

單獨充當4種句子成分的語詞有3個：

父、大子、子孫。

不與其他成分構成短語充當句子成分的語詞有29個：

祖妣、先主、親戚、伯姊、姒、長叔姒、昆弟、宗子、宗主、冢子、冢適、嫡子、適子、嗣子、適嗣、愛、嬖子、寵子、門官、庶、婦、女子、公女、女公子、彌甥、玄孫、才子、不才子、長親。

與其他成分構成短語只能充當1種句子成分的語詞有34個：

烈祖、祖考、先、先公、先守、文祖、君祖母、諸姑、姑姊、姑姊妹、昆、

仲、貴介弟、季弟、外弟、從兄、從弟、外妹、世子、嫡、適、嗣適、人子、孝子、愛子、門子、庶子、余子、從子、元女、亞、昆孫、從孫甥、宗族。

構成短語能充當 2 種句子成分的有 19 個：

皇祖、高祖、先臣、君父、叔、叔父、姑、伯、季、兄弟、男、元子、大子、王子、公族、壻、姪、甥、子孫。

構成短語能充當 3 種句子成分的有 11 個：

祖、伯父、兄、弟、母弟、姊、子、嗣、公子、孫、曾孫。

能充當 4 種句子成分的有 3 個：

先人、父、妹。

而「女」與其他成分構成短語後能充當 5 種句子成分。

這兩種情況的語詞數量分布如下：

表2：父系親屬稱謂詞單獨運用與構成短語運用的句法功能與數量分布

句法功能	單作主	單作謂	單作動賓	單作介賓	單作定	單作兼	短作主
具此功能的語詞數量	29	2	46	2	6	8	39
句法功能	短作謂	短作動賓	短作介賓	短作定	短作狀	短作補	短作兼
具此功能的語詞數量	2	44	1	3	11	10	8

組合能力情況：

與其他成分只能組合為 1 種短語結構的語詞有 29 個：

君、宗公、先後、先人、先公、烈考、皇考、叔父、諸姑、諸兄、伯氏、伯姊、昆、妹、昏、姻、男、帑、元子、宗子、大宗、季、長子、孟、亞、孫、子子孫孫、後、後生。

能組成 2 種不同短語結構的有 15 個：

先祖、大祖、祖考、妣、公、考、昭考、仲氏、子、男子、婦、女子、甥、子孫、曾孫。

能組成 3 種不同短語結構的有 9 個：

祖、皇祖、烈祖、先王、諸父、弟、孝子、伯、孫子。

能組成 4 種不同短語結構的有 2 個：

父、兄。

而「兄弟」能與其他成分構成 5 種不同的短語結構。

表 3：組合的短語類型與具此組合能力的語詞數量分布

組合的短語類型	主謂	述賓	介賓	定中	狀中	述補	兼語	聯合	同位
具此組合能力的語詞數量	54	73	18	55	13	12	17	24	22

這樣，《左傳》父系親屬稱謂詞系統的基本面貌就比較清楚了。

參考文獻

1. ［清］阮元校刻，《十三經注疏》，北京：中華書局，1980 年。

2. 洪業、聶崇岐、李書春、馬錫用編纂，《春秋經傳引得》，上海：上海古籍出版社，1983 年。

3. 楊伯峻、徐提編，《春秋左傳詞典》，北京：中華書局，1988 年。

定稿於 2020 年 10 月 14 日。